허클베리 핀의 모험

일러두기
• 이 책은 Mark Twain, 『*The Adventures of Huckleberry Finn*』(Project Gutenberg, 2004)를 참고했
  습니다.

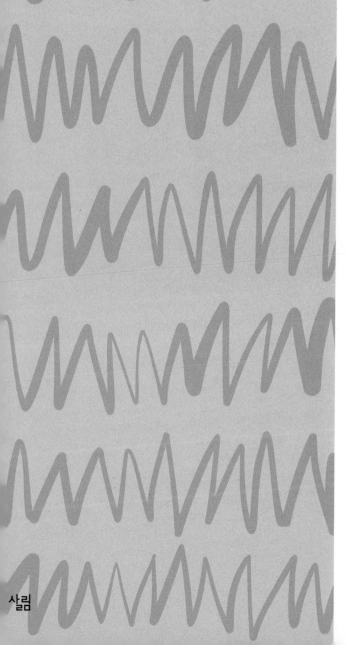

허클베리 핀의 모험

The Adventures of Huckleberry Finn

살림

마크 트웨인의 집

미국 코네티컷주 하트포드에 있는 이 집에서 마크 트웨인의 여러 작품이 탄생했다. 미국 동부에서 교회 건축으로 유명했던 건축가 에드워드 터커맨 포터(Edward Tuckerman Potter, 1831~1904년)가 설계했 다. 빅토리아 스틱 양식을 반영하고 있고 벽돌과 목재를 주재료로 사용했다. 실내는 19개의 다양하고 다 채로운 방이 있고, 그 시대에 개인 주택에서는 드물게 전화기가 있었다. 마크 트웨인의 가족이 1890년대 에 이 집을 떠난 후 여러 용도로 쓰이다가 현재는 국립 역사 기념물로, 여러 차례 복원 공사가 이루어졌다.

『허클베리 핀의 모험』초판본에 실린 토끼와 총을 들고 있는 허클베리 핀

미국의 삽화가인 에드워드 윈저 켐블(Edward Winsor Kemble, 1861~1933)이 『허클베리 핀의 모험』초판본의 삽화를 그렸다. 트루먼 윌리엄스가 그린 『톰 소여의 모험』삽화의 영향을 받았다.

텔레비전 시리즈 〈허클베리 핀의 새로운 모험〉에서 허클베리 핀 역을 맡은 십대 배우 마이클 시아 홍보 이미지

마크 트웨인의 작품 속 등장인물을 바탕으로 제작된 〈허클베리 핀의 새로운 모험(The New Adventures of Huckleberry Finn)〉은 판타지 애니메이션 시리즈이다. 1968년 NBC에서 방영되었다. 허클베리 핀, 베키 새처, 톰 소여의 역을 맡은 배우들이 출연해 복수심에 불타는 인전 조를 막기 위해 만화 속 세계에서 모험을 펼친다.

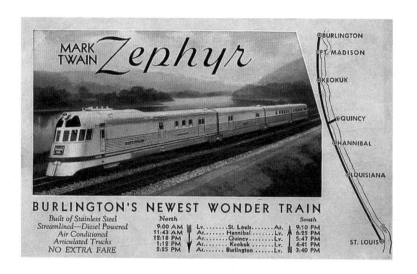

마크 트웨인의 이름을 딴 열차 '마크 트웨인 제퍼르'

마크 트웨인 제퍼르(Mark Twain Zepyr)는 초기 4칸으로 구성된 관절형 기관차이다. 이 열차의 이름은
『톰 소여의 모험』『허클베리 핀의 모험』의 작가로 저명한 마크 트웨인의 이름을 따서 지어졌다. 이 열차가
미주리주 세인트루이스에서부터 마크 트웨인의 고향인 미주리주 한니발을 경유하여 아이오와주 벌링턴
까지 운행할 예정이었기 때문이다. 기관차 번호 9903호의 이름은 인전 조이고 나머지 칸에도 작품의 등
장인물인 베키 새처, 톰 소여, 그리고 헉 핀의 이름을 붙였다.

허클베리 핀의 모험 **차례**

포고문

이 이야기에서 동기를 찾으려 하는 자는 기소될 것이다.
이 이야기에서 배울 점을 찾으려 하는 자는 추방될 것이다.
이 이야기에서 플롯을 찾으려 하는 자는 총살될 것이다.

저자의 명령에 따라,
병참 사령관 G.G.

제1장 허클베리 핀의 인사말

　나는 톰의 친구 허클베리 핀입니다. 『톰 소여의 모험』을 읽지 않은 독자라면 아마 나를 모르겠지요. 하지만 상관없어요. 여러분은 금세 나랑 친해질 테니까요. 『톰 소여의 모험』을 쓴 이는 마크 트웨인이라는 사람인데, 좀 과장된 부분이 없는 건 아니지만 대체로 진실을 말하고 있답니다. 하지만 과장이 좀 있더라도 괜찮아요. 사람은 누구나 한두 번은 거짓말을 하게 되어 있으니까요. 물론 폴리 아줌마나 메리 소여, 그리고 더글러스 아줌마는 빼놓고 말입니다. 아, 참, 폴리 아줌마는 톰의 이모이고 메리 소여는 톰의 사촌이며 더글러스 아줌마는 나를 양자 비슷하게 거두어준 사람이랍니다. 그 사람들에 대한 이야기는 그 책에 다 나와 있어요. 방금 말한 대로 좀 과장이 있긴 해도 대체로 사실이라고 보면 돼요.

마크 트웨인의 그 책은 이렇게 끝을 맺고 있어요.

톰과 나는 동굴에 감춰져 있던 보물을 찾아내고 부자가 됩니다. 각각 금화 6,000달러씩을 갖게 된 거지요. 누구나 큰 부자가 될 수 있는 엄청난 돈이었으니 열두 살과 열세 살짜리 고아에게는 말도 못하게 큰돈이었지요. 둘 다 고아인 것처럼 말했지만 실은 톰과 나는 달랐어요. 톰에게는 개를 잘 돌봐주는— 사실은 조금 귀찮게 한다는 말이지요—이모가 있었어요. 내게는 어디론가 사라진 주정뱅이 아버지가 있었고요. 말하자면 실제로는 톰이 고아였지만 실은 내가 톰보다는 더 자유롭다는 뜻이지요. 아버지는 아직 살아 있지만 오래전부터 어디론가 사라지고 모습을 보이지 않았어요. 나는 아버지가 돌아오는 걸 원치 않았지요. 술만 마시면 나를 때리니까요. 말하자면 매일 나를 때린다는 뜻이에요.

6,000달러가 얼마나 큰돈이냐 하면, 매일 이자가 1달러씩 들어올 정도였어요. 이자만 해도 마을 목사 수입의 두 배였으니 얼마나 큰돈이었는지 짐작할 수 있을 거예요. 도무지 어떻게 써야 할지 모를 정도였지요. 내 몫의 돈은 더글러스 아줌마가 맡아서 처리해준 거지만 실제로 관리해주는 사람은 새처 판사

였어요. 더글러스 아줌마는 나를 양자로 삼고 교양인으로 만들어주려 했어요. 하지만 정말로 견딜 수 없었어요. 그 과부 아줌마가 어찌나 격식, 예절 따위를 따지는지 정말 숨이 막힐 지경이었다니까요. 나는 그냥 토껴버렸지요. 옛날에 입던 헌 누더기 옷을 입고 나무통에서 지내다보니 정말 숨통이 확 트였어요. 자유를 누리는 몸이 된 거지요. 그런데 톰 소여가 나를 다시 아줌마 집으로 들어가게 만들었어요. 갱단을 조직하는 중이라며 내가 다시 아줌마 집으로 들어가 점잖은 사람이 되어야만 거기 끼워주겠다는 거였어요. 나는 산적이 되고 싶은 마음이 간절해서 다시 그 집으로 돌아갔어요. 산적 갱단은 점잖은 사람들로만 이루어진다니 어쩔 수 없었지요.

여기까지가 마크 트웨인이 『톰 소여의 모험』에서 해준 이야기랍니다. 이제부터 내가 바통을 이어받아 이야기를 계속하겠어요. 나는 이야기를 지어내는 재주가 없으니 그냥 그 책에서 톰과 내가 겪은 모험에 이어서 벌어진 일들을 있는 그대로 들려줄게요.

더글러스 아줌마는 나를 보더니 눈물을 흘리며 '길 잃은 양'이니 뭐니 하는 이상한 이름으로 불렀어요. 아줌마는 내게 다시 새 옷들을 입혔고 전처럼 숨 막히는 생활이 시작되었어요. 아줌마가 종을 울리면 식탁으로 쪼르르 달려가야 했지요. 식탁에 앉았다고 바로 식사를 할 수 있는 것도 아니었어요. 아줌마가 머리를 숙이고 뭐라고 중얼중얼하는 동안 기다려야 했어요. 음식들이야 그것들이 따로따로 담겨져 있는 게 좀 마음에 안들 뿐 별 문제 없었어요. 실은 먹다 남은 찌꺼기들을 한꺼번에 뒤범벅으로 섞어서 먹는 게 훨씬 맛있는데…….

저녁 식사가 끝나면 아줌마는 성경책을 꺼내 들고는 모세가 어쩌고저쩌고 하는 이야기를 해주었어요. 그런데 아줌마는 이야기를 하다가 모세가 죽은 사람이라는 것을 내게 들키고 말았어요. 그것도 아주 오래전에 말이에요. 나는 죽은 사람에게는 별 관심이 없거든요. 자연히 그 다음부터는 모세니 뭐니 하는 이야기는 전혀 귀에 들어오지도 않았어요.

그 무렵 더글러스 아줌마 집에서 아줌마의 여동생이 함께 살게 되었어요. 왓슨 아줌마인데 호리호리한 몸매에 안경을 쓴 노처녀였어요. 노처녀니까 아줌마라고 부르긴 뭣하지만 그렇다고 아가씨라고 부를 수도 없고 그냥 아줌마라고 할게요. 그런데 이 아줌마가 내게 철자법을 들이대는 게 아니겠어요? 더글러스 아줌마는 이 아줌마가 나를 붙잡고 1시간 동안 들들 볶은 다음에야 겨우 풀려날 수 있게 했어요. 정말 지루해서 견딜 수 없었고, 안절부절못할 지경이었어요. 게다가 왓슨 아줌마는 툭하면 "허클베리, 발을 어디에 얹어놓는 거냐?", "그렇게 건들거리지 말고 똑바로 앉지 못해!", "저런, 저런! 또 하품을 하고 기지개를! 똑바로 행동하지 못해!"라며 잔소리를 해댔어요. 그러고는 그렇게 하면 나쁜 곳에 가게 된다며 그곳 이야기를 전부 해주었어요. 나는 그곳에 가고 싶다고 대답했지요.

그랬더니 왓슨 아줌마가 막 화를 내는 거예요. 뭐, 아줌마를 기분 나쁘게 하고 싶어서 그런 건 절대 아닌데……. 정말로 그냥 어디론가 가고 싶었거든요. 여기만 아니라면 어디든 가고 싶었던 거지, 뭐 꼭 그곳에 가고 싶었던 건 아니란 말이에요. 왓슨 아줌마는 그런 말은 정말 나쁜 말이라며 아줌마라면 절대로 그런 말은 하지 않을 거라고 했어요. 아줌마는 자기처럼 해야 좋은 나라에 가서 살 수 있다고 했어요. 아줌마가 가는 곳이라면 별 볼 일 없겠구나 하는 생각에 거기 가려고 애쓸 필요는 없겠다고 생각했지요. 하지만 대놓고 말하지는 않았어요. 그래봤자 귀찮은 일만 생길 텐데, 공연히 그럴 필요 있겠어요?

왓슨 아줌마는 한번 입을 열더니 좋은 나라 이야기를 잔뜩 늘어놓았어요. 거기 간 사람은 하루 종일 하프를 타며 노래 부른다는 거였어요. 언제까지나, 영원히 말이에요. 하지만 내가 보기에는 별로 대단한 곳 같지 않았어요. 물론 입 밖에 내놓지는 않았어요. 내가 왓슨 아줌마에게 톰 소여 같은 애는 거기 갈 수 있을 것 같으냐고 물었더니 당치도 않은 소리라며 펄쩍 뛰더군요. 나는 잘됐다고 생각했어요. 나는 늘 톰 소여와 함께 지내고 싶었거든요.

왓슨 아줌마는 계속 나를 쪼아댔고 나는 점점 더 지루하고 외롭기만 했어요. 밤이 되면 창가에 앉아 뭔가 신나는 일을 생각하려 애썼지만 아무 소용이 없었어요. 너무 외로워서 죽고 싶을 지경이었어요. 별이 반짝이고 있었고 숲속 나뭇잎들은 처량하게 살랑거리고 있었어요. 멀리서는 부엉이가 죽은 사람을 부르는 듯 부엉부엉 소리를 내며 울고 있었고, 마치 죽어가는 사람을 애도하듯 소쩍새가 울고 개가 짖고 있었어요. 온 집 안은 쥐 죽은 듯 조용했지요. 밤이 무척 깊었구나 생각하고 있을 때 마을 저 멀리서 12시를 알리는 시계 소리가 울렸어요.

그때였어요. 창 아래 어둠 속에서 작은 나뭇가지 하나가 뚝 부러지는 소리가 들리는 게 아니겠어요. 내려다보니 뭔가 흔들리는 것 같았어요. 나는 꼼짝 않고 귀를 기울였어요. 그러자 바로 밑에서 "야옹, 야옹" 하는 소리가 희미하게 들렸어요.

"옳거니!" 나는 무릎을 탁 치며 나지막이 "야옹, 야옹" 하고 답했습니다. 그러고는 즉시 불을 끄고 창을 빠져나가 헛간 지붕으로 기어 내려갔어요. 이어서 나는 마당으로 미끄러지듯 내려와서 나무 사이를 기어갔어요. 아니나 다를까, 톰 소여가 나를 그곳에서 기다리고 있었어요.

제2장 짐과 톰 소여 갱단

　우리는 정원 나무들 사이에 난 오솔길을 따라 살금살금 걸어
갔어요. 그런데 내가 부엌 옆을 지나다가 그만 나무뿌리에 발
이 걸려 넘어지는 바람에 소리를 내고 말았어요. 우리들은 몸
을 웅크리고 숨을 죽였어요. 짐이라는 왓슨 아줌마의 검둥이
노예가 부엌 문가에 앉아 있는 게 똑똑히 보였던 거예요. 짐은
자리에서 일어나더니 목을 길게 뽑고 귀를 기울이며 말했어요.
　"거, 누구랑가?"
　톰과 나는 그 자리에 그대로 주저앉아 꼼짝도 하지 않았어
요. 그러자 짐은 눈을 몇 번 껌뻑하더니 그대로 주저앉아 금세
코를 곯더라고요. 우리는 다시 엉금엉금 기어서 거기로부터 몇
미터 벗어났어요. 그런데 톰이 내 귀에 대고 속삭였어요. 장난

기가 발동한 거지요.

"헉, 짐을 나무에 묶어두자. 재미있을 거야."

나는 그건 안 된다고 했어요. 나중에 짐이 깨어나서 난리를 피우면 내가 집에 없는 걸 모두들 알게 될 테니까요. 톰이 알았다고 하더니 양초가 필요할지 모르니 부엌에 들어가서 양초 몇 개를 가져오자고 했어요. 나는 한시라도 빨리 집에서 벗어나고 싶었지만 톰이 하도 우기는 통에 별 도리 없이 따라야 했어요. 우리는 부엌으로 들어가 양초 세 개를 찾아냈어요. 톰은 양초 값이라며 5센트짜리 은화 한 닢을 식탁 위에 놓았고요.

나는 빨리 도망치자며 안달을 했어요. 하지만 톰은 기어이 장난을 치지 않으면 직성이 풀리지 않는 모양이었어요. 톰은 짐이 졸고 있는 곳까지 엉금엉금 기어가더니 짐의 모자를 벗겨 머리 위 나뭇가지에 걸어놓았어요. 톰이 돌아오자 우리는 곧바로 마당 울타리를 돌아 집 건너편의 가파른 언덕 꼭대기까지 올라갔어요.

톰의 그 장난이 어떤 결과를 빚었는지 이야기해줄게요. 나중에 짐은, 마녀들이 자신에게 주문을 걸어 혼이 빠지게 해놓고는 천지사방으로 데리고 다녔다고 떠들고 다녔어요. 그런 뒤 다시 나무 아래에 데려다 놓고는 그 표시로 모자를 나무 위에 걸어놓았다는 거예요. 나중에는 주(州) 경계를 넘어 뉴올리언스까지, 이어서 전 세계로 끌고 다녔다고 뻥을 쳤어요. 피곤해서 녹초가 될 정도였다며 그 바람에 등이 온통 종기 천지가 됐다고 떠벌였어요. 말안장 때문에 등에 종기가 생겼다니 세상에 그런 뻥이! 그러고는 그걸 엄청 자랑거리로 알고 다른 검둥이들은 거들떠보지도 않았어요.

짐의 이야기를 들으려고 몇 킬로미터 떨어진 곳에서도 검둥이들이 찾아왔고 짐은 이곳에서 가장 존경받는 검둥이가 되었어요. 누군가 마녀 이야기를 입 밖에 꺼내려고만 해도 짐이 "잡것, 자네가 마녀에 대해 뭘 안다고 씨부렁거린당가?"라고 한마디 하면 그만 코가 납작해지고 말았지요. 짐은 톰이 양초 값으로 남겨 놓고 온 은화를 실에 꿰어 목에다 걸고 다녔어요. 악마가 자기에게 직접 준 부적이라는 거예요. 그리고 그 부적만 있으면 무슨 병이건 다 고칠 수 있다고 큰소리를 쳤어요. 사방에서 검둥이들이 모여 들어 그 부적을 한 번 구경시켜달라며 온갖 물건을 막 짐에게 갖다 바쳤어요. 악마를 만나고 마녀에게 이리저리 끌려다닌 탓에 짐은 간덩이가 부어올라 이제 머슴으로는 쓸모없게 되어버렸어요.

언덕에 있던 톰과 나는 폐허가 된 무두질 공장으로 내려갔어요. 그곳에 조 하퍼랑 벤 로저스, 그리고 서너 명의 사내아이들이 숨어 있었어요. 이어서 우리들은 강가로 가서 소형 보트를 타고 약 5킬로미터 정도 강 하류로 노를 저어 갔어요.

물에 오르자 톰은 우리들에게 비밀을 지킬 것을 맹세하라고 말한 다음 덤불숲을 헤치고 들어갔어요. 숲이 가장 우거진 곳 한복판에 동굴이 있었어요. 우리는 모두 엉금엉금 기어서 그 동굴 속으로 들어갔어요. 그렇게 200미터쯤 기어가자 동굴이 탁 트였어요. 이후로도 우리는 톰을 따라 몇 갈래나 되는 통로를 이리저리 더듬어 갔어요. 그러자 좁은 방 같은 곳이 나왔고 우리는 모두 그곳으로 들어갔어요.

톰이 입을 열었어요.

"이제 우리 갱단이 출범한다. 그 이름은 '톰 소여의 갱단'이다. 입단을 원하는 사람은 누구든 맹세를 하고 피로 서명을 해야만 한다."

모두들 그러겠다고 하자 톰 소여는 미리 준비해온 종이를 꺼내어 읽었어요. 그 내용은 다음과 같아요.

1. 누구든 한 번 이 갱단에 입단하면 마음대로 탈퇴할 수 없다.
2. 단원은 그 누구도 이 갱단의 비밀을 누설해서는 안 된다.

3. 누군가 우리 단원 중 한 명에게 해를 입히면 그 자와 그 자의 가족을 죽여버린다. 그 명령을 받은 자는 반드시 그 임무를 수행해야 하며 임무를 완수하고 죽은 자의 가슴에 갱단의 표지인 십자가를 새겨 넣기 전까지는 밥도 먹어서는 안 되고 잠을 자서도 안 된다.

4. 단원 중 비밀을 누설하는 자가 생기면 목을 자르고 시체를 태워 그 재를 사방에 뿌린다. 단원은 두 번 다시 그 이름을 입에 올릴 수 없으며 그 이름은 저주를 받아 영원히 잊히게 될 것이다.

모두들 너무 훌륭하다며 톰에게 혼자 머리로 짜낸 것이냐고 물었어요. 톰은 몇 가지는 자기 머리에서 나왔지만 나머지는 해적과 갱단에 관한 책에서 뽑아냈다고 말했어요. 그런데 누군가가 비밀을 누설한 단원의 가족도 죽여버리는 게 좋겠다고 말했어요. 톰이 정말 좋은 생각이라며 연필로 적어 넣더군요. 그때 벤 로저스가 나서서 한마디 했어요. 나를 정말로 난처하게 만든 말이었지요.

"그런데 헉 핀에게는 가족이 없잖아. 얘는 그럼 어떻게 혼을 낼 건데?"

"아버지가 있잖아"라고 톰 소여가 대답했지만 어디 있는지도 모르는 사람이 어떻게 가족이냐고 벤이 반박했어요. 모두들 이러쿵저러쿵 한마디들 하더니 나를 갱단에서 빼내려 했어요. 다른 아이들에게 공평하지 않다는 거였지요. 나는 거의 울음이 터질 뻔했어요. 그때 한 가지 생각이 번쩍 떠올랐어요. 왓슨 아줌마를 가족으로 내놓기로 한 거지요. 그 아줌마는 죽여도 된다고요. 그러자 아이들이 입을 모아 말했어요.

"그래, 그 아줌마로 하면 되겠다. 헉도 동지가 될 수 있어."

우리는 모두 바늘로 손가락을 찔러 피의 서명을 했어요. 나도 종이에다 표시를 했지요.

"그런데 말이야." 벤이 톰에게 말했어요. "우리 갱단은 무슨 일을 하는 거야?"

"도둑질하고 살인을 하는 거지"라고 톰이 대답했어요.

이어서 어디서 하느냐, 누굴 죽이냐에 대해 벤이 계속 질문했고 톰은 납치니 인질이니 몸값이니 석방이니 나는 잘 알아듣지도 못할 말을 늘어놓았어요. 결국 다음 주에 다시 만나 누군가를 털고 누군가를 죽이자고 한 뒤에 갱단은 일단 헤어졌어요. 참, 톰 소여가 이 갱단의 두목이 되었고 조 하퍼가 부두목으로 뽑혔다는 이야기도 해야겠지요.

나는 날이 새기 바로 직전에 곳간 지붕으로 올라가 창문을 통해 방으로 기어들어갔어요. 새 옷은 온통 촛농과 빗물투성이였고 몸은 완전 녹초가 되어 있었지요.

제3장 아버지

　다음 날 내가 왓슨 아줌마에게 얼마나 혼이 났는지는 말 안 해도 짐작할 수 있겠지요? 하지만 더글러스 아줌마는 별로 꾸중을 하지 않았어요. 그냥 내 옷에 묻은 진흙과 촛농을 닦아주며 슬픈 표정만 지었을 뿐이에요. 왓슨 아줌마는 나를 골방으로 데려가서 기도를 했어요. 아줌마는 툭하면 내 앞에서 기도를 하면서 기도를 하면 뭐든 이루어진다고 말하곤 했지만 나는 안 믿어요. 언젠가 낚싯줄만 있고 낚싯바늘이 없기에 제발 낚싯바늘 좀 달라고 기도했지만 아무 소용이 없었거든요. 그래서 나는 기도에 대해서는 아예 신경을 끄기로 했어요.

　우리들은 거의 한 달 동안 강도 놀이를 했지만 나는 금세 그만두고 말았어요. 나만 그런 게 아니라 다른 아이들도 다 그만

두었어요. 진짜로 물건을 훔치고 사람을 죽이지 않는 놀이에 싫증이 난 거지요. 그리고 내게는 이유가 또 있었어요. 톰은 아이들 질문에 아라비아 사람들 이야기, 기적 이야기를 하면서 그럴 듯하게 둘러댔지만 왠지 주일 학교 냄새가 났거든요.

참, 학교 이야기가 나오니까 하는 말이지만 나도 매일 학교에 다니고 있었어요. 서너 달이 지나고 한겨울에 접어들 무렵에는 제법 철자법에 맞게 읽고 쓸 수 있게 되었답니다. 구구단도 '육 칠은 삼십오'라고 외울 수 있게 되었어요. 하지만 그 이상은 죽었다 깨어나도 외울 수 없었어요. 산수에는 아예 소질이 없나봐요.

내가 어떻게 참고 학교에 다닐 수 있었느냐고요? 당연히 질색이었지요. 정말 견딜 수 없을 때는 땡땡이를 쳤고 다음 날 얻어맞고 나면 기분이 좋았어요. 그러다보니 학교 다니는 것도 참을 만하게 된 거예요. 더글러스 아줌마 집에서 지내는 것도 마찬가지예요. 침대 생활이 지겨워지면 가끔 몰래 집에서 빠져나가 산에서 자곤 했어요. 그러면 기분 전환이 되었고, 침대 생활도 그럭저럭 견딜 만하게 된 거지요.

어느 날 아침이었어요. 나는 아침 식사 때 그만 소금 병을 엎지르고 말았어요. 나는 얼른 소금 병을 집어서 밖으로 던져버리려고 했어요. 그래야 닥쳐오는 악운을 막을 수 있다는 걸 알고 있었거든요. 그런데 왓슨 아줌마가 더 빨랐어요. 나보다 먼저 손을 뻗어 소금 병을 집으며 "넌 하는 짓마다 왜 그리 말썽이니?"라고 말했어요. 더글러스 부인이 나를 위로해주었지만 그것만으로는 악운을 막을 수 없다는 것을 나는 잘 알고 있었어요. 나는 아침 식사를 마치자마자 도대체 무슨 악운이 내게 덮칠지 걱정에 휩싸인 채 집을 나갔어요.

땅 위에는 제법 눈이 많이 쌓여 있었어요. 그런데 길 위에 누구 것인지 모르지만 사람 발자국이 나 있었어요. 발자국을 살펴보니 채석장으로부터 와서 잠시 집 앞을 서성이다가 다시 저쪽 어디론가 가버린 게 틀림없었어요. 나는 뭔가 짚이는 게 있어 허리를 굽혀 발자국을 쳐다보았어요. 처음에는 아무것도 알아볼 수 없었지만 잠시 후 뚜렷하게 알아볼 수 있었어요. 왼쪽 구두 뒤꿈치에 큰 못으로 만든 십자가 자국이 찍혀 있었던 거예요!

나는 곧 걸음아 날 살려라 하고 언덕을 뛰어 내려갔어요. 가끔씩 어깨 너머로 뒤를 돌아다보았지만 아무도 보이지 않았어요. 나는 바람처럼 새처 판사 댁으로 달려갔어요. 나를 보자 판사님이 의아한 표정으로 말했어요.

"얘야, 왜 그러느냐? 숨 넘어가겠구나. 이자 때문에 온 거니?"

"아뇨. 제게 주실 이자가 있어요?"

"물론이지. 엊저녁에 반년 치가 들어왔어. 150달러가 넘어. 네겐 너무 큰돈이니 6,000달러와 합쳐서 내게 투자해 놓는 게 좋을 거다."

"아뇨, 판사님. 저에게는 그 돈이 필요 없어요. 판사님 다 가지세요. 6,000달러까지 다 가지세요."

판사님은 놀란 표정을 지었어요. 내 말을 이해할 수 없었나 봐요.

"얘야, 그게 무슨 말이냐?"

"판사님, 제발 묻지 마시고 그걸 다 가지세요. 제발요. 그래야 제가 거짓말을 할 필요도 없어지는 거예요."

잠시 생각에 잠겨 있더니 새처 판사가 말했어요.

"오라, 알 것 같다. 그러니까 네 재산을 모두 내게 팔겠다는 말이로구나. 주는 게 아니라. 잘 생각했다. 네게는 네 재산을 내게 거저 줄 권리가 없으니까."

판사님은 종이에 뭔가 쓰더니 찬찬히 읽어보고는 말했어요.

"자, 이걸 봐라. 여기 매도 증서가 있다." 그러더니 판사님은 내게 1달러짜리 은화를 주었어요. "이게 매매 대금이다. 이제 너는 모든 재산을 내게 팔았고, 아무것도 남은 게 없는 셈이 된 거란다. 뭐, 법적으로는 네가 미성년자이니까 아무 효력이 없다만……. 어쨌든 당장은 이걸로 됐지? 누군가 네 재산에 손을 대려 하면 내게 보내라. 내가 만나주지.”

그날 나는 하루 종일 밖에서 헤매다가 밤중에서야 집으로 돌아갔어요. 촛불을 켜들고 2층으로 올라간 나는 깜짝 놀랐어요. 아빠가 거기 앉아 있는 게 아니겠어요!

나는 방 안으로 들어와 문을 닫았어요. 그리고 다시 등을 돌려보니 분명 아빠가 거기 있었어요. 그런데 이상한 노릇이었어요. 아빠를 보면 숨이 덜컥 멎고 겁에 질릴 것 같았는데 조금 시간이 지나자 아빠가 별로 무섭게 느껴지지 않는 거였어요.

아빠는 쉰이 다 된 나이였는데 외모로도 그 정도로 보였어요. 기름에 절어 있는 머리카락이 밑으로 흘러내리고 있어 마치 두 눈이 덩굴 뒤에서 번쩍이고 있는 것 같았어요. 머리카락도, 구레나룻도 새치 하나 없이 온통 검은색이었어요. 겨우 조금 드러나 있는 얼굴은 하얀색이었는데, 보통 볼 수 있는 흰색이 아니라 보기만 해도 소름이 끼치는 흰색, 말하자면 생선 배때기의 흰색 같은 거였어요. 몸에는 물론 넝마를 걸치고 있었고요. 한쪽 발목을 다른 다리 무릎 위에 올려놓고 있었는데 구멍이 뻥 뚫린 구두 사이로 발가락 두 개가 삐죽 나와 있었어요.

나는 선 채로 아빠를 바라보고 있었고 아빠는 나를 노려보고 있었어요. 나는 촛불을 내려놓았어요. 나는 그제야 창문이 열려 있는 것을 알았어요. 헛간 지붕을 통해서 기어들어온 거지요. 나를 한참 아래위로 훑어보더니 아빠가 입을 열었어요.

"기똥차게 차려입었구나. 뭐, 귀공자라도 된 기분이냐?"

"그럴 수도 있고 아닐 수도 있지요." 내가 당당하게 대답하자 아빠가 당장 소리를 꽥 질렀어요.

"이놈아! 아가리 닥치지 못해! 내가 없는 동안 목에 힘이 단단히 들어갔구나! 네놈을 끝장내주기 전에 우선 혼쭐부터 내줄 테다. 듣자하니 뭐? 학교를 다녔다고? 읽고 쓸 줄 안다고? 그래서 읽고 쓸 줄 모르는 이 아비가 우습다는 거냐? 당장 때려치워! 제 아비를 우습게 알도록 내버려둘 줄 아냐? 네 어미도 그렇고 우리 집안에 글을 읽을 줄 아는 사람은 아무도 없었어! 나는 네놈 허파에 바람이 들어가는 꼴은 두고 보지 못하겠다. 학교 근처에 어슬렁거리는 꼴만 봐도 가만 안 둘 테다! 게다가 뭐야! 이런 뽀송뽀송한 이불을 덮고 침대에서 잠을 자? 그러고도 네놈이 내 아들이냐? 내 아들이냔 말이다!"

아빠는 한참 욕설을 늘어놓더니 본론을 꺼냈어요.

"이놈아! 한데, 듣자하니 네놈이 부자가 됐다며? 도대체 어찌된 거냐?"

"거짓말이에요. 정말로 거짓말이에요."

"얼씨구, 저 주둥이 놀리는 꼴 봐라! 온 천지에 네놈이 부자가 됐다는 소리뿐인데. 이놈아, 저 아래 마을에까지 다 소문이 났어. 어서 돈 내놓지 못해!"

"나한텐 돈 없어요."

"뻥치지 마! 새처 판사가 맡고 있는 줄 다 알아. 가져와. 내가 필요하니까."

"정말이지 없다니까요. 판사님께 물어보세요."

"좋아, 내가 판사에게 물어봐야지. 돈을 토해내게 할 거야. 이놈아, 지금 네 주머니에 있는 거라도 내놔!"

"1달러밖에 없어요. 그리고 그 돈은……."

"그 돈으로 네가 뭘 할 거건 내가 알 바 아니야. 어서 내놓지 못해!"

아빠는 그 돈을 받더니 다시 제게 욕을 바가지로 퍼부은 다음 창문을 통해 밖으로 나갔어요. 나가면서도 학교를 그만두지 않으면 가만두지 않겠다고 협박했어요.

다음 날 아빠는 곤드레만드레인 채 새처 판사를 찾아가 돈을 토해내라고 윽박질렀어요. 하지만 새처 판사가 그럴 수 없다며 거절하자 이번에는 법으로 하겠다고 큰소리를 쳤어요. 나는 법이라곤 하나도 아는 게 없으니 어떻게 돌아가는 사정인지는 알 수 없었어요.

나를 찾아온 아빠는 쇠가죽으로 때리겠다고 협박하면서 돈을 가져오라고 난리였어요. 나는 새처 판사님께 3달러를 빌려서 아빠에게 주었어요. 아빠는 그 돈으로 곤드레만드레 취하도록 마시고는 온 동네 난장판을 벌이고 다니다가 유치장에 일주일 동안 갇혀 있었어요.

제4장 도주

유치장에서 나온 아빠는 돈을 빼내려고 계속 새처 판사님을 괴롭혔고 학교로 찾아와 내가 학교를 그만두지 않는다고 야단이었습니다. 아빠는 두어 번 나를 붙잡고 매질을 했지만 나는 아빠의 눈을 피해 계속 학교에 갔어요. 전에는 그다지 학교에 가고 싶다는 생각이 없었는데 이제는 아빠를 괴롭히기 위해 학교에 가고 싶어졌어요.

나는 가끔 판사님께 2, 3달러를 빌려 아빠에게 줘서 매질을 모면하곤 했어요. 아빠는 돈만 손에 들어오면 어김없이 술에 취해 온 동네 난동을 부리고 다니다가 유치장 신세를 졌지요. 아빠 적성에 꼭 맞는 일인 듯 별로 싫어하지도 않는 것 같았어요.

아빠가 너무 더글러스 부인 댁 근처를 어슬렁거리니까 부인은 참다못해 그 짓을 그만두지 않으면 가만 안 두겠다고 아빠에게 말했어요. 그러자 아빠는 오히려 펄쩍 뛰면서 내가 누구 아들인지 본때를 보여주겠다고 큰소리쳤어요. 그러더니 정말로 어느 날 망을 보고 있다가 나를 납치(?)했어요. 그러고는 나를 나룻배에 태우고는 아버지가 살고 있는 으슥한 오두막으로 데려갔어요. 마을에서 5킬로미터 정도 떨어진 곳이었고 오두막은 숲이 우거진 곳에 숨겨져 있어 그 집이 어디 있는지 모른다면 도저히 찾을 수 없는 곳이었어요.

아빠의 감시가 철저했기에 나는 도망치지도 못하고 아빠와 그곳에서 지낼 수밖에 없었어요. 아빠는 밤에도 자물쇠로 문을 잠궈놓고는 열쇠를 머리 밑에 밀어 넣고 잠을 잤어요. 아빠는 어디서 훔쳤는지 총을 한 자루 갖고 있었는데 그 총으로 사냥을 하고 낚시를 하며 먹을 것을 구했어요. 아빠는 가끔 물고기와 사냥한 짐승을 하류 5킬로미터 떨어진 나루터로 가지고 가서 술과 바꿔오곤 했어요. 그런 날은 당연히 매타작이 있었지요. 물론 더글러스 아줌마가 나 몰라라 하고 있었을 리 없지요. 아줌마는 내가 어디 있는지 알아내곤 찾아가려고 사람을 보냈어요. 하지만 아빠가 총으로 위협하는 바람에 그 사람은 혼비백산해서 도망가버렸지요.

그런데 이상한 일인지 당연한 일인지 나는 그곳 생활이 마음에 들었어요. 온통 누더기가 된 옷도 편했고 책도 읽지 않고 공부도 하지 않으니 정말 느긋했지요. 세수하고, 옷 갈아입고, 규칙적으로 식사하고, 학교에 가는 생활…… . 어휴, 어쩌다 그런 생활에 익숙해졌던 건지! 정말이지 다시는 더글러스 부인 집으로는 돌아가고 싶지 않았어요. 게다가 다시 실컷 욕을 할 수 있게 되니 가슴이 후련해졌지요. 한마디로 그곳 숲속 생활은 재미가 있었던 거예요.

하지만 문제가 있었어요. 날로 심해지는 아빠의 매질이었어요. 이제는 아예 호두나무 채찍을 휘둘러대니 견뎌낼 재간이 있어야지요. 온몸이 상처투성이였어요. 게다가 아빠가 집을 비우는 날이 많아지자 혼자 집 안에 갇혀 있는 날이 많았어요. 심심해서 죽을 지경이었죠.

나는 이 집에서 도망쳐야겠다고 생각했어요. 그렇다고 더글러스 아줌마 집으로 돌아가겠다고 생각한 건 아니에요. 아빠가 언젠가 더글러스 부인이 내 보호자가 되기 위한 소송을 걸었다는 말도 내게 해준 적이 있었는데 나는 몸서리를 쳤어요. 다시 그 집으로 들어가 교양인이 되는 교육을 받는다는 건 생각만 해도 끔찍했거든요. 아, 참, 아빠는 그 이야기 끝에 아빠가

6,000달러를 되찾으려는 소송도 진행 중이라는 이야기를 했던 것 같아요. 그러면서 새처 판사와 더글러스 아줌마 욕을 막 했어요. 둘이 나서서 방해한다는 거였어요.

그러던 어느 날이었어요. 아빠가 소형 보트가 있는 곳으로 가서 그날 아빠가 사온 물건들을 갖고 오라는 심부름을 시켰어요. 20킬로그램 정도 되는 옥수숫가루 한 부대, 베이컨, 탄약, 술병 등이었어요. 엄청나게 큰 술병이었어요. 나는 짐을 나르는 도중 총과 낚싯줄을 갖고 도망가야겠다고 몇 번이나 생각했어요. 주로 밤중에 돌아다니면서 사냥과 낚시질을 하며 살아가겠다고 생각한 거지요. 아빠도 더글러스 아줌마도 찾을 수 없는 아주 먼 곳으로 가서 말이에요.

그날 어떤 일이 벌어졌는지 알아요? 아빠는 그날 내가 날라 온 술을 반쯤 마시고 취해버렸어요. 그런데 밤에 자다가 일어난 아빠가 마치 미친 사람처럼 날뛰며 야단법석을 떨더니 갑자기 죽은 사람들이 자기를 찾아왔다고 말하면서, 제발 자기를 데려가지 말라고 싹싹 비는 거예요. 그러고는 식탁 밑으로 들어가 엉엉 울었어요. 그러더니 갑자기 벌떡 일어나서 나를 보고는 죽음의 천사라며 네놈을 죽여버리겠다고 소리 지르는 거예요. 나는 살려달라고 애원하며 도망 다녔어요. 아버지 손에는 칼이 들려 있었고요. 나는 도망 다니다가 아버지에게 어깻죽지를 붙잡혔지만 윗도리를 벗어던지고 빠져나올 수 있었어요. 다행히 아빠는 제풀에 푹 쓰러지더니 그대로 잠에 곯아떨어졌어요. 이젠 정말이지 어떻게 해서라도 도망을 쳐야만 했어요. 아무도 찾을 수 없는 곳으로 말이에요.

다음 날 잠에서 깨어난 아버지는 자신이 어젯밤 무슨 짓을 했는지 전혀 기억이 나지 않는 눈치였어요. 아빠는 내게 강으로 나가 고기가 낚싯줄에 걸렸는지 보고 오라고 했어요. 아빠가 문을 열어주자 나는 강가로 나갔어요. 강물이 불어나 나뭇가지들과 나무껍질들이 떠내려 오고 있었어요. 그런데 내 눈에 뭐가 띄었는지 알아요? 멀쩡한 카누 하나가 떠내려오고 있었던 거예요. 길이가 3~4미터 되는 멋진 카누였어요. 나는 옷을 입은 채로 곧장 강가로 뛰어들었어요. 처음에는 값나가는 물건을 건졌다고 기뻐했는데 카누를 숲속에 숨기고 나니 번쩍 머리를 스치고 지나가는 생각이 있었어요.

'그래, 이놈을 숨겨 두었다가 도망갈 때 쓰자. 강을 따라 멀리 몇십 킬로미터만 내려가면 고생스럽게 숲을 헤매며 떠돌이 생활을 할 필요도 없을 것이다.'

나는 머릿속으로 계획을 세웠어요.

'무엇보다 중요한 건 아빠나 더글러스 아줌마가 내 뒤를 쫓아오지 못하게 하는 거다.'

그날 밤 아빠는 나를 가둬놓고 통나무를 팔겠다며 소형 보트를 타고 마을로 떠났어요. 그날 밤으로 돌아오지 않을 게 틀림없었지요. 나는 아빠가 멀리 갔다는 확신이 들 때까지 얌전히 있다가 집에서 빠져나왔어요. 어떻게 빠져나왔느냐고요? 실은 도망치겠다는 생각이 들었을 때부터 한구석 보이지 않는 곳에 톱으로 오두막의 통나무를 조금씩 썰어 놓았거든요. 아버지가 완전히 사라졌을 거라는 확신이 들자 나는 톱으로 남은 부분을 잘랐어요. 그러고는 그 구멍으로 밖으로 빠져나왔어요. 오후 4시쯤 되었을 거예요.

나는 옥수숫가루와 베이컨, 술병을 감춰두었던 카누에 실었어요. 그 외에도 커피, 설탕, 탄약, 양동이, 바가지, 국자와 컵, 톱과 담요, 프라이팬과 커피 주전자 등 쓸 만한 것은 몽땅 갖다 실었어요. 한마디로 오두막을 완전히 털어버린 거지요. 도끼도 가져가고 싶었지만 장작더미 옆에 그냥 놔두었어요. 다 생각이 있어서였어요. 마지막으로 총을 싣자 준비가 끝났어요.

좁은 구멍으로 그 모든 것들을 끌어내서 질질 끌다 보니 흔적이 남아 있을 수밖에 없었지요. 나는 그곳에 모래를 뿌려서 흔적을 지웠어요. 그리고 잘라낸 통나무를 다시 끼웠어요. 통나무 집 뒤쪽 부분이니 눈여겨 볼 사람도 없을 게 틀림없었어요.

짐을 카누에 다 실은 다음 나는 새를 잡으려고 총을 들고 나섰어요. 빨리 도망가지 않고 웬 사냥이냐고요? 다 생각이 있어서 그런 거니 조금만 참고 기다리세요.

총을 들고 숲으로 얼마 들어갔을 때 운 좋게 멧돼지를 만났어요. 농장에서 기르던 돼지가 탈출해 지내면서 야생 돼지가 된 것이지요. 나는 그놈을 총으로 잡아서 오두막으로 끌고 왔어요.

나는 도끼를 집어 들고 문을 내리쳤어요. 거의 박살을 내다시피 해버렸지요. 그런 후 돼지를 안으로 끌고 들어와 식탁 근처에서 도끼로 목을 내리쳤어요. 바닥에 피가 흥건히 흘러내렸어요. 다음으로 나는 헌 자루를 하나 꺼내서 그곳에 돌을 잔뜩 집어넣었어요. 나는 그 자루를 돼지 있는 곳으로부터 강가까지 질질 끌고 가서 그대로 강에 던져 넣었어요. 자루는 금세 바닥에 가라앉았어요. 땅에는 무언가 질질 끌린 자국이 남아 있었지요. 이 일을 하면서 나는 톰 소여와 함께였다면 얼마나 좋았을까 하는 생각을 했어요. 걔라면 정말 재미있어 했을 거고, 아주 폼 나게 처리했을 거거든요. 그런 일을 개만큼 기똥차게 해내는 애는 없을 거예요.

마지막으로 나는 머리털을 한 움큼 뽑았어요. 그러고는 피에 흥건히 젖어 있는 도끼날에다 머리털들을 붙인 다음 구석에 던졌어요. 이어서 돼지를 온 힘을 다해 가슴까지 치켜들고는 가능한 한 집에서 멀리 떨어진 강가로 가져가서 강에 던져버렸어요.

그때 한 가지 생각이 더 떠올랐어요. 나는 카누로 가서 옥수수 부대와 톱을 들고 다시 통나무집으로 갔어요. 나는 부대를 늘 놓여 있던 곳에 놔둔 뒤에 밑바닥에 구멍을 뚫었어요. 칼이나 포크가 없었기에 톱으로 구멍을 낼 수밖에 없었지요. 이어서 나는 그 구멍 난 부대를 통나무집으로부터 약 100미터 정도 떨어진 곳에 있는 호수로 가져갔어요. 호수 반대편에는 개울 같은 것이 흐르고 있어, 미시시피강과는 반대쪽으로 이어지고 있었어요. 내가 거기에 옥수숫가루를 풀어놓자 물 흐름을 따라 기다란 자국을 냈어요. 나는 거기다 아빠의 숫돌을 떨어뜨려 놓았어요. 모든 작업이 끝나자 나는 남은 옥수숫가루가 흘러내리지 않게 자루를 실로 묶은 후 옥수수 자루와 톱을 갖고 카누로 갔어요.

날이 어두워지기 시작했어요. 나는 달이 뜰 때까지 기다리기로 했어요. 카누를 버드나무에 밧줄로 묶어놓고 카누 위에서 배를 채운 다음 담배를 피우며 누워 있자니 기분이 너무 좋았어요. 나는 카누에 누워 나중에 벌어질 일들을 머릿속으로 그려보았어요.

'사람들은 돌이 담긴 자루 흔적을 따라 강가까지 갈 거야. 그러고는 강바닥을 뒤지겠지. 이어서 나를 죽인 강도들을 잡으려고 옥수숫가루 흔적을 따라 호수에서 흘러나온 개울을 따라갈 거야. 하지만 아무것도 찾을 수 없을 테니 금세 찾기를 그만둘 거야. 사람들은 내가 죽은 걸로 알 것이고 6,000달러를 손에 넣게 된 아버지는 앞장서서 쓸데없는 짓 그만두라고 할 거야. 그러면 만사 오케이인 거지. 나는 내가 원하는 곳 어디든 갈 수 있게 되는 거야. 그래, 잭슨섬이 딱 좋아. 아무도 찾아올 사람이 없는 데다, 밤이면 카누를 타고 와서 마을에 숨어들어 필요한 것들을 구할 수 있어.'

나는 깜빡 잠이 들었어요. 달빛이 어찌나 밝은지 멀리서 떠내려가는 통나무들의 숫자까지 헤아릴 수 있을 정도였어요. 출발을 서둘러야 했어요. 나는 기지개를 켜고 카누를 묶어두었던 밧줄을 풀었어요. 나는 강 복판까지 노를 저어 나아간 다음 카누에 누워 곰방대를 피워 물었어요. 하늘에는 구름 한 점 없었어요. 밝은 달빛 아래 누워 있자니 하늘이 그렇게 그윽해 보일 수 없었어요. 처음 해보는 경험이었지요.

이미 배는 나루터에서 멀찌감치 떨어져 있었어요. 나는 일어나 앉았어요. 4킬로미터쯤 전방에 잭슨섬이 보였지요. 울창하게 나무가 우거진 섬이 강 한복판에 우뚝 서 있는 게 마치 불을 켜놓은 기선 같았어요. 물이 불어서 모래톱은 물 아래 잠겨 있었고요.

나는 섬에 상륙해서 섬 위쪽 끝까지 걸어갔어요. 나는 통나무 위에 걸터앉아 유유히 흐르는 강물, 강물 위를 떠가는 나무들, 5킬로미터 밖의 마을을 바라보았어요. 마을에서는 서너 개의 등불이 깜빡이고 있었어요. 이제 하늘에 옅은 회색빛이 감돌기 시작했어요. 나는 숲으로 걸어 들어가 땅바닥에 벌렁 드러누웠어요.

제5장 불운한 동반자

　내가 눈을 떴을 때는 이미 해가 높이 솟아 있었어요. 짐작에 8시쯤 된 것 같았지요. 이런저런 생각을 하며 풀밭 시원한 그늘에 누워 있자니 마음이 느긋했고 더없이 흡족했어요. 나무들 사이를 통해 해가 보이기도 했지만 워낙 큰 나무들이 빽빽하게 들어차 있어 숲속은 어스름했어요.

　아침을 지어 먹어야겠다는 생각과 한껏 게으름을 즐기고 싶다는 유혹 사이에서 줄다리기를 하다가 나는 깜빡 잠이 들었던 모양이에요. 그런데 잠결에 어렴풋이 저 멀리 강 상류에서 '꽝' 하는 대포 소리가 울린 것 같아 눈을 떴어요. 니는 몸을 일으키고 다시 귀를 기울였어요. 그러자 이내 대포 소리가 또 들렸지요. 나뭇잎 사이로 내다보니 저 상류 쪽 강 위에 하얀 연기가 피어오르는 것이 보였어요. 나루터와 나란히 하고 있는 곳이었지요. 좀 더 자세히 살펴보니 사람들을 가득 태운 나룻배가 하류로 내려오고 있는 게 보였어요. 나는 그게 뭔지 알고 있었어요. 내 시체를 물 위에 떠오르게 하려고 대포를 쏘고 있던 거예요.

나는 느긋한 마음으로 사람들이 연신 대포를 쏘아대며 내 시체를 찾는 모습을 지켜보고 있었어요. 배가 좀 고프다는 것만 빼놓는다면 정말 재미있는 구경이었지요. 그때 문득 한 가지 생각이 스치고 지나갔어요. 저런 식으로 시체를 찾을 때면 늘 빵 덩어리 속에 수은을 넣어 흘려보낸다는 것이 생각난 거지요. 그렇게 하면 그 빵이 시체 있는 곳에서 멈춰 선다고 사람들은 믿고 있었던 거예요.

나는 정말 그 빵 덩어리들이 나를 향해 떠내려오는지 한번 시험해보고 싶어 섬 끝 쪽으로 자리를 옮겼어요. 그런데 정말 두 개의 빵 덩어리가 내가 있는 곳으로 흘러오는 게 아니겠어요? 나는 장대로 그 빵을 건지려 했어요. 하지만 발이 미끄러지는 바람에 실패했어요. 이어서 또 한 덩어리가 흘러왔어요. 나는 그것을 건진 뒤 마개를 열어 조그만 수은 덩어리를 쏟아버린 뒤에 빵을 먹었어요. 그건 우리가 먹는 옥수수빵 따위가 아니라 제과점에서 만든 제대로 된 빵이었지요.

느긋하게 빵을 씹으며 나룻배를 바라보고 있자니 문득 한 가지 생각이 떠올랐어요. 혹시 더글러스 아줌마나 목사 같은 사람들이 이 빵을 띄워 보내면서 나를 찾아달라고 기도한 게 아닌가 하는 생각이었어요. 그렇다면 그 사람들의 기도가 효과가 있었던 거지요. 나는 생각했어요.

'그래, 내가 기도를 올리면 아무 효과가 없지만 아줌마나 목사 같은 사람들이 기도를 드리면 효과가 있는 건지도 몰라.'

나룻배가 섬 가까이 오자 그 배에 타고 있는 사람들 모습이 똑똑히 보였어요. 내가 알고 있는 사람들은 다 타고 있는 것 같았어요. 아빠랑 새처 판사님, 판사님의 딸 베키 새처, 조 하퍼, 톰 소여, 톰 소여의 이모인 폴리 아줌마, 톰의 동생 시드, 톰의 사촌 누나 메리 등이 타고 있었어요. 잠시 뒤 배는 섬을 돌아 시야에서 사라졌어요. 그리고 미주리 강변을 끼고 뱃머리를 마을 쪽으로 돌리는 게 보였어요. 나는 이제 정말 자유로워진 것이고, 이제 아무도 나를 찾는 사람이 없게 된 거지요.

나는 카누에 있던 짐을 내리고 우거진 숲속에 야영지를 차렸어요. 담요 두 장으로 텐트를 만들고 그 아래에 물건들을 놓은 거지요. 이어서 메기를 잡아 톱으로 배를 가른 후 모닥불을 피워 구운 뒤 옥수수빵을 만들어 저녁을 먹었어요. 내일 아침거리를 잡기 위해 낚싯대를 강에 드리워 놓고 나는 느긋하게 불가에 앉아 담배를 피웠어요. 기분이 정말 째지게 좋았어요. 하지만 금세 심심해졌기에 곧바로 잠자리에 들었습니다. 심심할 때 잠을 자는 것보다 시간 보내기에 좋은 방법은 없잖아요.

그런 식으로 사흘 밤낮이 지나갔어요. 매일 똑같았지요. 나흘째 되는 날 나는 섬을 둘러보기로 했어요. 이제 내가 이 섬의 주인이니 내가 어떤 걸 소유하고 있는지 조사해보는 게 당연하지 않겠어요? 잘 익은 산딸기가 지천으로 널려 있었고 머루, 라즈베리, 블랙베리 열매들이 막 모습을 드러내고 있었어요. 얼마 안 있으면 따먹을 수 있겠구나, 라고 생각했지요.

그렇게 섬을 둘러보다가 나는 그만 깜짝 놀라고 말았어요. 바로 눈앞에서 모닥불 연기가 모락모락 피어오르고 있었던 거예요. 마치 누군가가 내 숨통을 둘로 쪼개 놓았고, 그중 반쪽밖에 남지 않은 것 같았어요.

캠프로 돌아온 나는 완전히 기가 꺾이고 말았어요. 마치 배속 모래주머니에서 모래가 다 빠져나간 것 같았어요. 하지만 나는 이렇게 어물거리고 있을 때가 아니다, 라고 자신을 다잡았어요. 나는 텐트에 두었던 살림 도구들을 모두 카누에 싣고 불을 끈 다음 나무 위로 올라갔어요. 지니고 온 먹을 거라고는 산딸기와 아침에 먹다 남은 것뿐이었어요.

그렇게 나무 위에 한두 시간 정도 있었을 거예요. 밤이 되었고 배가 몹시 고팠어요. 날이 충분히 어두워지자 나는 나무에서 내려와 카누에 올랐어요. 그리고 살그머니 그쪽 강가를 떠나 일리노이 쪽 강가를 향해 노를 저었어요. 그곳에 상륙한 나는 숲으로 들어가 불을 피우고 저녁밥을 지었어요. 오늘 밤은 그곳에서 지내야겠다고 생각했지요.

밤이 되었어요. 하지만 나는 잠을 이룰 수가 없었어요. 누가 자꾸 내 목덜미를 누르는 것만 같았던 거예요. 도대체 이 섬에 나와 함께 있는 작자가 누구일까? 그래, 이렇게 불안해하지 말고 누구인지 확인해보는 거야. 나는 그 작자를 무슨 일이 있어도 꼭 찾아내야겠다고 마음먹었어요. 그러자 마음이 한결 가벼워졌지요.

밤새 뒤척이던 나는 새벽녘에 총을 들고 아까 모닥불을 보았던 곳을 찾아 나섰어요. 처음에는 쉽게 찾을 것 같지 않았지만 얼마간 헤매다보니 저 멀리 나무 사이로 불빛이 보였어요. 나는 조심조심 그곳을 향해 다가갔어요. 그러자 웬 사내 한 명이 머리에 담요를 뒤집어쓴 채 땅바닥에 벌렁 누워 있는 것이 보였어요. 심장이 사정없이 두근거렸지요. 나는 그 사내에게서 한

시도 눈을 떼지 않은 채 지켜보았어요. 동쪽 하늘이 점점 희뿌옇게 밝아오기 시작했어요. 사내가 기지개를 켜더니 담요를 들췄어요. 나는 깜짝 놀랐어요. 왓슨 아줌마의 노예인 짐이 아니겠어요! 나는 그를 보자 너무 반가웠어요.

"어이, 짐!" 나는 소리치며 뛰쳐나갔어요.

짐은 벌떡 일어나더니 눈이 휘둥그레져서 나를 바라보았어요. 그러더니 곧바로 무릎을 꿇고 싹싹 비는 게 아니겠어요?

"내를 해치지 말랑께. 내는 귀신헌티 해코지 한 적 없당께. 나가 죽은 사람을 을마나 좋아했는디. 자네랑 내는 친구 아니었능감."

짐에게 내가 죽지 않았다는 걸 깨닫게 하는 데는 그리 긴 시간이 필요 없었어요. 나는 짐을 만난 게 너무 기뻤어요. 이제 외롭지 않게 되었으니까요. 나는 짐에게, 나는 짐을 믿는다, 짐은 내가 살아 있다는 걸 사람들에게 일러바치지 않을 거다, 라고 계속 입을 놀렸어요. 하지만 짐은 아무 말도 없었어요.

내가 짐에게 물었어요.

"짐, 이 섬에 온 지 얼마나 됐어?"

"니가 죽은 날 밤에 왔당께."

겨우 입을 연 짐의 이야기를 들어보니 짐은 그동안 산딸기

같은 것만 먹고 지냈던 거였어요. 나는 짐을 카누를 매어둔 곳으로 데려갔어요. 나는 짐에게 공터에 불을 지피라고 말한 다음 옥수숫가루, 베이컨과 함께 커피 주전자, 프라이팬, 설탕, 컵들을 가져왔어요. 그리고 금세 커다란 메기 한 마리를 잡아 왔어요. 짐이 놀라는 건 당연했지요. 메기도 굽고 옥수숫가루로 빵을 만들어서 아침 식사를 했어요. 며칠 동안 굶은 짐은 엄청난 기세로 먹어치웠지요.

배가 부르자 우리는 벌렁 그 자리에 누워 이야기를 나누었어요. 우선 짐에게 그동안 내게 있었던 일을 모두 이야기해주었어요. 그런 뒤에 나는 짐에게 어떻게 해서 이곳에 오게 되었느냐고 물었어요. 짐은 내게 몇 번이고 자기를 밀고 안 할 거냐고 다짐받은 후에 자초지종을 이야기해주었어요. 짐의 이야기를 간단하게 간추리면 이런 거예요.

짐은 왓슨 아줌마가 자기를 노예 상인에게 800달러에 팔려한다는 것을 알게 되었어요. 왓슨 아줌마가 언니인 더글러스 아줌마와 나누는 이야기를 엿들은 거지요. 짐은 내가 죽었다는 소식에 온 마을이 발칵 뒤집혔을 때 뗏목을 타고 도망쳤어요. 그리고 강물이 흘러가는 대로 몸을 맡겼다가 이 섬이 가까워졌을 때 헤엄을 쳐서 여기까지 오게 된 거지요. 나는 죽은 몸이고 짐은 도망친 노예이니 둘 다 절대로 사람들 앞에 나타나면 안 되는 처지였어요. 어른들이 쓰는 점잖은 말로 '운명 공동체' 뭐 이런 거였어요.

우리들이 이야기를 나누고 있는데 어린 새 몇 마리가 날아와서는 몇 미터 빙빙 돌더니 바닥에 내려앉았어요. 그걸 보고 짐은 비가 올 전조라고 말했어요. 내가 그 새를 잡겠다고 하자 짐이 펄쩍 뛰면서 말렸어요. 그런 짓을 하다간 우리들 중 누군가가 죽게 된다는 거였어요. 자기 아버지가 몹시 앓고 있을 때 식구들 중 누가 새를 잡았고, 할머니가 이제 곧 누가 죽을 거라고 말했는데 진짜로 아버지가 죽었다는 거였어요. 이어서 짐은 저녁 식사 반찬거리 숫자를 세면 안 된다, 해가 진 다음에 식탁보를 털어도 안 된다, 꿀벌 치는 사람이 죽으면 반드시 다음 날 해뜨기 전에 꿀벌에게 그 이야기를 해주어야 한다, 그러지 않으면 꿀벌들이 일을 안 하고 다 죽어버린다는 등, 여러 가지 전조에 대해 말해주었어요.

나는 짐에게 전부 나쁜 일만 생기는 전조들이 아니냐, 좋은 일이 생길 걸 알려주는 전조는 없느냐고 물었어요. 그랬더니 짐이 말했어요.

"그런 건 쪼깨밖에 없재. 글코, 건 알아서 뭐 한당가. 좋은 일

을 막으려고 그러능가? 암튼, 팔이랑 가슴에 털이 많음 부자가
될 조짐이랑께."

그러면서 짐은 털이 부숭부숭한 팔과 가슴을 내게 보여주었
어요.

내가 짐에게 말했지요.

"그러면 짐이 지금 부자란 말이야?"

"그렇당께. 난 내 몸뚱아리 주인잉께. 내 몸값이 800달러라고
안 하덩가?"

제6장 떠다니는 집, 방울뱀

잠시 뒤 우리는 섬 중앙을 향해 떠났어요. 내가 섬을 탐험하면서 발견한 장소를 좀 더 자세히 살펴보고 싶어서였지요. 섬은 길이가 5킬로미터, 폭이 400미터밖에 되지 않았기에 금세 그곳에 도착할 수 있었어요.

섬 중앙은 높이가 100미터 가량 되는 가파른 산마루 같은 곳이었어요. 꼭대기에 올라가 보니 일리노이주 쪽을 향한 곳에 큼지막한 동굴이 있는 것을 발견할 수 있었어요. 방을 두세 개쯤 합친 정도 크기였고, 짐이 꼿꼿이 설 수 있을 만큼 높았어요. 짐은 짐들을 모두 이곳으로 옮겨놓자고 말했어요. 누가 이 섬에 찾아오더라도 금세 피할 수 있을 것이며 어린 새들이 보여준 전조대로 곧 비가 올 것이니 물건들을 안전하게 보관할 수도 있을 것 아니냐는 것이었어요. 나는 밤낮으로 이곳을 오르락내리락 해야 하는 게 귀찮을 것 같았지만 짐의 말을 따르기로 했어요.

우리는 낑낑거리며 짐들을 모두 동굴로 날랐어요. 카누는 그 동굴에서 가까운 곳의 버드나무 숲에 감추어두었고요. 그런 후 나는 낚시에 물려 있던 물고기를 건져낸 후 다시 낚싯대를 드리우고 동굴로 돌아와 점심 식사 준비를 했어요.

아늑한 동굴에서 불을 피우고 점심 식사를 하고 났을 때였어요. 날이 어두워지더니 번갯불이 번쩍이고 천둥소리가 울리기 시작했어요. 어린 새들의 전조가 맞았던 거지요. 이어서 비가 세차게 내리기 시작했고 바람이 거세게 불어왔어요. 이렇게 거친 바람은 본 적이 없었어요. 회오리바람에 나무들이 막 쓰러졌고, 번개는 계속 번쩍거리고 천둥도 계속 꽈다당 꽝! 하고 내리쳤어요. 마치 계단에서 빈 통을 굴릴 때 내는 소리 같았어요.

"짐, 정말 끝내주네." 나는 편하게 누운 자세로 짐에게 말했어요. "여기가 정말 최고야. 생선 한 토막이랑 옥수수빵 좀 건네줄래?"

"내가 없었음 넌 이 자리에 있을 수 없제. 저 아래 숲속에서 물에 빠진 생쥐 꼴로 있었을 거구만. 닭들은 언제 비가 올지 기똥차게 안당께. 새들도 그라고."

폭우는 열흘 이상 계속 쏟아졌고 강물이 사정없이 불어나더니 결국 둑을 넘어버렸어요. 우리는 대낮에 카누를 타고 섬 주변을 돌아다녔어요. 강물 위에는 온갖 것들이 둥실둥실 떠다니고 있었고 쓰러진 고목 사이로는 토끼, 뱀 등 짐승들이 우글거렸어요. 카누를 저어 가까이 다가가 그것들을 만지는 재미가 여간이 아니었지요. 하지만 뱀과 거북은 만질 수 없었어요. 우리가 가까이 가면 스르르 물속으로 미끄러져 들어가버렸으니까요.

우리는 밤에도 카누를 타고 강물 탐험을 계속했어요. 소득이 있었지요. 부서진 뗏목의 일부분, 그러니까 근사한 송판 몇 장을 건져낼 수 있었던 거예요. 그러던 어느 날이었어요. 동이 트기 직전이었고 우리들은 섬의 머리 부분에 있었어요. 그런데 저쪽에 통나무 집 한 채가 둥실 떠내려 오고 있는 게 아니겠어요. 이층집이었는데 한쪽이 심하게 기울어 있었어요. 우리는 그 집을 향해 카누를 저었어요. 우리는 그 집 2층 창문을 통해 안으로 들어갔어요. 아직 날이 어두워 아무것도 보이지 않았기에 우리는 카누를 그 집에 묶어놓고 날이 밝기를 기다렸어요.

섬의 끝부분까지 흘러오기 전에 날이 밝아오기 시작했어요.

그러자 침대 하나, 책상과 헌 의자 하나와 마루에 흩어진 잡동사니들이 보였어요. 벽에는 옷들이 걸려 있었고 구석에 누군가 드러누워 있었고요.

"이보쇼." 짐이 가만히 불러보았어요. 그러나 그 사람은 꿈쩍도 안 했어요. 죽은 게 틀림없었어요. 짐이 안으로 들어가 보니 그 사람의 얼굴에 뭔가 덮여 있었어요. 짐은 허리를 굽히고 그 사람의 얼굴을 덮고 있는 수건을 들쳐 살펴보더니 내게 말했어요.

"죽은 사람이랑께. 맞구먼. 등에 한 방 맞아뿌렀어. 가버린 지 사나흘은 됐겠구먼. 헉, 들어와. 하지만 절대로 이 사람 얼굴은 보지 말랑께. 무시무시혀."

짐은 다시 죽은 사람 얼굴을 덮었어요. 나는 그쪽으로 눈길을 주지 않으려 애쓰면서 안으로 들어갔어요. 마루 위에는 기름때가 묻은 낡은 카드들이 흩어져 있었고 위스키 병들, 시커먼 천으로 만든 마스크가 널려 있었어요. 벽에는 숯으로 온통 상스러운 욕설과 그림이 그려져 있었지요. 그리고 더러운 무명 옷 두 벌, 여자용 밀짚모자와 내복이 걸려 있었어요. 우리는 그것도 카누에 실었어요. 언제 필요하게 될지 모르니까요.

우리는 꼼꼼하게 집 안을 뒤져서 그래도 꽤나 쏠쏠하게 물건들을 챙길 수 있었어요. 낡은 양철 램프, 손잡이가 없는 식칼,

발로우 나이프, 양초들, 촛대, 바가지, 컵, 쥐가 갉아먹은 헌 이불, 바늘과 핀, 단추, 손가방, 도끼 한 자루, 못, 내 새끼손가락처럼 굵은 낚싯줄, 사슴 가죽 한 장, 가죽으로 만든 개목걸이, 말편자, 빗 등이었어요.

그것들을 카누에 모두 옮겨 싣고 보니 카누는 섬에서 꽤 멀리 하류로 떠내려와 있었어요. 날이 꽤 밝았기에 나는 짐에게 카누에 누워 있으라고 한 뒤에 노를 저었어요. 검둥이는 쉽게 눈에 띄니까요. 우리는 누구에게도 들키지 않고 무사히 우리의 집으로 돌아왔어요.

집으로 돌아온 우리는 옷가지들을 샅샅이 뒤졌어요. 우리는 외투 안쪽에 꿰매어 감춰둔 은화 8달러를 찾아냈어요. 나는 의기양양해서 짐에게 말했어요.

"짐, 내가 그저께 지붕 꼭대기에서 말라빠진 뱀 껍질을 갖고 왔을 때 뭐라고 했어? 손으로 뱀 껍질을 만지면 정말 재수가 없다며? 그런데 8달러에다 이런 물건들까지 횡재했잖아. 이런 재수 없는 일이 매일 일어나면 좋겠다."

"너무 건방 떨지 말랑께. 이쟈, 곧 악운이 닥칠거그만. 내 말 잊지 말더라고. 곧 닥친당께."

그런데 정말 그 악운이 닥쳐오고 말았어요. 우리가 그런 이야기를 나눈 건 화요일이었어요. 그로부터 며칠이 지난 금요일, 점심을 먹은 뒤 우리는 산마루 꼭대기 풀밭에서 뒹굴고 있었어요. 마침 담배가 떨어져서 담배를 가지러 동굴 안으로 들어가니 동굴 안에 방울뱀 한 마리가 있었어요. 나는 그놈을 죽인 뒤에 짐의 담요 끝자락에 마치 살아서 똬리를 틀고 있는 것처럼 놓았어요. 짐을 놀라게 해주려던 거지요.

그런데 나는 그 뱀 생각을 까맣게 잊고 있었어요. 밤이 되어 동굴로 돌아와 내가 불을 켜고 있는 동안 짐은 털썩 하고 담요 위에 몸을 던졌어요. 그런데 그 뱀의 짝이 그곳에 있다가 그만 짐을 물고 만 거예요.

짐은 비명을 지르며 튀어 올랐고 뱀은 몸을 둥글게 만 채 머리를 쳐들고 있었어요. 나는 당장에 막대기로 쳐서 뱀을 죽여버렸어요. 그러자 짐은 술병을 들더니 벌컥벌컥 들이켰어요.

짐은 맨 발이었고 뱀은 그 발을 문 게 틀림없었어요. 죽은 뱀을 놔두면 그 짝이 찾아와 그 주변에 똬리를 튼다는 사실을 내가 깜빡한 거예요. 짐은 뱀의 머리를 싹둑 잘라버리더니 몸통 껍질을 벗긴 다음 내게 주며 얼른 구워달라고 했어요.

뱀을 구워서 짐에게 주었더니 짐은 그걸 먹으며 그래야 치료가 된다고 했어요. 그리고 방울뱀의 소리가 나는 부분을 잘라서 자기 손목에 감아달라고 했어요. 그것도 도움이 된다는 거였어요.

짐은 계속 술을 마셨고 가끔 정신을 잃기도 했으며 갑자기 뛰어오르며 고함을 지르기도 했어요. 그리고 정신이 들기만 하면 술을 마셨어요. 뱀에 물린 발과 다리가 엄청 부어올랐지만 나는 술을 저렇게 마시면 다 괜찮아질 거라고 생각했어요.

짐은 나흘 밤낮을 꼬박 잠만 자더니 회복이 되었어요. 나는 두 번 다시는 뱀 껍질을 손으로 만지지 않겠다고 다짐했어요. 짐은 내게 이제는 제발 자기 말을 믿으라고 말했고요.

그렇게 며칠이 흘렀어요. 그동안 일어난 신나는 일이란 길이가 2미터, 몸무게가 무려 100킬로그램 가까이 나가는 엄청난 메기를 낚은 일이에요. 껍질을 벗긴 토끼를 통째로 미끼로 써서 떠다니는 배에서 구한 굵은 낚싯줄로 낚은 거예요. 물론 이놈을 쉽게 다룰 수는 없었어요. 그놈을 억지로 낚아 올리려다가는 도리어 우리를 일리노이 쪽 강변에 내동댕이쳐버릴 수도 있을 것 같았거든요. 우리는 둑에 앉아 이놈이 미쳐 날뛰다가 죽을 때까지 기다렸어요.

배를 갈라보니 놋쇠 단추, 둥근 공 등 잡동사니들이 잔뜩 나왔어요. 역전의 용사라는 어려운 말이 저절로 떠오르더군요. 아마 미시시피강에서 잡을 수 있는 물고기 중 가장 큰 놈이었을 거예요. 마을로 가져가면 큰돈을 받고 팔 수 있었겠지요. 살이 눈처럼 흰 데다, 튀겨먹으면 정말 맛이 죽여줘요.

다음 날 아침 나는 좀 심심하고 따분해져서 뭔가 신나는 일을 벌여보자고 짐에게 말했어요. 강을 건너가 우리 마을에서 무슨 일이 벌어지고 있는지 알아보겠다고 말한 거예요. 짐은 거 참 좋은 생각이라며 흔쾌히 동의했어요. 물론 어두워졌을 때 가봐야 하고 단단히 조심해야 한다고 당부했지요.

짐은 머리를 이리저리 굴리더니 내게 여자애 차림으로 가는 게 좋겠다고 했어요. 좋은 생각이었지요. 우리는 떠다니는 집에서 수확한 옥양목 잠옷을 줄였어요. 나는 바지를 무릎까지 걷어 올리고 그 옷을 입었어요. 나는 밀짚모자를 쓴 다음 턱 아래에 모자 끈을 동여맸어요. 챙이 넓은 깊숙한 모자를 깊이 눌러 썼으니 누구도 내 얼굴을 알아볼 수 없으리라 확신했지요. 나는 짐의 지도로 여자애들 걸음걸이와 행동을 하루 종일 연습했어요. 짐이 이 정도면 됐다고 하자 나는 카누를 타고 일리노이 주 쪽 강가로 향했어요.

나루터 조금 아래쪽으로 갈 생각이었는데 카누가 조류에 떠밀리는 바람에 마을 끝자락에 도착하게 되었어요. 나는 카누를 나무에 매놓은 다음 강가를 따라 걷기 시작했어요. 열심히 걷다 보니 불이 밝혀진 집이 하나 보였어요. 나는 이상하다고 생각했어요. 내가 알기로는 오랫동안 아무도 살지 않던 집이었거든요. 나는 살금살금 창으로 다가가 안을 들여다보았어요. 마흔살 가량의 여자가 촛불을 올려놓은 식탁 옆에서 바느질을 하고 있었어요. 처음 보는 얼굴이었어요. 이 마을에 내가 모르는 사람이라곤 없는데 이상한 일이었지요. 잘된 일이었어요. 사람들이 내 목소리를 알아들으면 어쩌나 하고 겁이 나서 다리가 휘청거리던 참이었거든요. 그런데 내가 저 여자를 모르니 저 여자도 나를 모르는 게 당연하지 않겠어요? 모르긴 몰라도 이 집에서 최소한 이삼 일만 지냈더라도 내가 알고 싶은 건 다 말해줄 수 있을 거 아니겠어요? 나는 문을 두드렸어요. 물론 내가 여자애라는 사실을 절대로 잊지 않으리라고 단단히 마음을 먹으면서 말이에요.

제7장 미스 윌리엄스

"들어와요."

그 여자가 말했고 나는 안으로 들어갔어요. 그녀는 나를 자리에 앉으라고 한 뒤에 말했어요.

"이름이 뭐니?"

"새러 윌리엄스예요."

"어디 사니? 이 근처에 사니?"

"아뇨. 후커빌에 살아요. 저 아래 10킬로미터쯤 떨어진 곳이에요. 여기까지 걸어왔더니 너무 피곤해요."

"배도 고프겠네. 먹을 섯 좀 주미."

"아뇨, 배가 고팠는데 저 아래 어떤 농가에서 먹을 것을 줘서 이제 괜찮아요."

나는 그 여자에게 잠시 쉬었다 갈 수 있겠느냐고 말했어요. 그녀에게서 마을 소식을 들으려 한 거지요. 그러자 그 여자는 이 밤중에 계집애 혼자 길을 가는 건 위험하다, 한 시간 반 정도 있으면 남편이 올 테니 데려다주라고 하겠다며 남편 이야기, 친척 이야기, 자기네가 이곳으로 오게 된 사연들을 쉴 새 없이 떠들었어요. 계속 쓸데없는 이야기들만 늘어놓던 부인은 마침내 아빠와 살인 사건에 대해 이야기를 시작했고 나는 귀가 솔깃해서 바짝 정신을 차리고 들었어요.

여자는 톰 소여와 내가 횡재한 이야기로 시작해서, 아빠가 그 돈을 노리고 얼마나 못되게 굴었는지 아빠 험담을 한참 늘어놓았어요. 이윽고 여자는 내가 죽어버렸다는 이야기를 했어요. 내가 슬쩍 끼어들었죠.

"누가 그런 짓을 했지요? 후커빌에서도 온통 그 사건 이야기들인데, 누가 헉 핀을 죽였는지 몰라서 모두들 궁금해해요."

"여기서도 누가 죽였는지 알고 싶어 하는 사람이 많단다. 처음에는 헉 핀의 아버지가 죽었다고 이야기하는 사람들도 많았어."

"그럴 리가요……. 정말이에요?"

"그래, 처음에는 다들 그렇게 생각했어. 그런데 사람들 생각이 바뀌었단다. 도망친 검둥이 노예 짓이라고 판단하게 된 거야. 헉 핀이 살해된 바로 그날 밤 도망갔잖아. 살인 사건이 난 날 이후 아무도 그 검둥이를 본 사람이 없어. 그런데 희한하게 헉 핀의 아버지도 다음 날 사라져버렸어. 다짜고짜 새처 판사에게 나타나 협박을 해서 돈을 몇 푼 받아낸 다음 아주 험상궂게 생긴 사내 두 명과 사라졌다는구나. 그래서 이제는 사람들이 그 작자가 돈이 탐이 나서 아들을 죽인 거라고, 그래 놓고는 강도가 한 짓처럼 꾸몄다고 생각하는 사람이 많아졌어. 어쨌든 사람들은 검둥이를 쫓고 있어. 현상금이 자그마치 300달러나 걸려 있거든. 실은 우리 집 애기 아빠도 검둥이를 쫓고 있단다. 내가 애 아빠에게 저 강 한복판에 있는 잭슨섬에 가보라고 했어. 며칠 전에 거기서 연기가 피어오르는 걸 봤거든. 다른 남자 한 명을 데리고 갈 거야."

이럴 수가! 나는 초조해서 견딜 수가 없었어요. 두 손을 가만히 두고 있을 수 없을 정도였지요. 나는 탁자에서 바늘 하나를 집어 들고 거기에 실을 꿰기 시작했어요. 하지만 손이 떨려 도저히 꿸 수가 없었지요. 그 여자가 이야기를 끝내자 나는 고개를 들어 그 여자를 쳐다봤어요. 그 여자는 생글거리면서 호기심에 찬 눈으로 나를 쳐다보고 있었어요. 나는 바늘을 내려놓고 그 여자에게 말했어요. 짐짓 흥미 있는 척한 거지요.

"300달러면 정말 큰돈이네요. 그러면 아저씨는 오늘 밤에 떠나실 건가요?"

"맞아. 아까 말한 그 사람과 이미 배를 구해 놓았고 총 한 자루를 더 구하려고 이웃 마을에 간 거야. 자정쯤이면 출발할 거란다."

"낮에 가는 게 더 좋지 않아요?"

"낮에 가야 더 잘 보이겠지. 하지만 그 검둥이 놈도 우리를 잘 볼 수 있을 게 아니냐. 밤에는 놈이 잠을 자고 있을지도 모르고. 또 모닥불이라도 피워 놓았으면 찾아내기가 더 쉬울 것 아니겠니?"

내 질문이 뭔가 수상했는지 그 여자는 이상한 눈초리로 나를 쏘아보았어요. 나는 정말 안절부절못할 지경이었지요. 이윽고 그 여자가 다시 입을 열었어요.

"그런데 너 이름이 뭐라고 했지?"

"메, 메리 윌리엄스예요."

아무리 생각해도 조금 전에 메리라고 하지 않은 것 같아 나는 고개를 들지 못했어요.

"너 조금 전에 새러라고 하지 않았니?"

"그래요. 새러라고 했어요. 저는 새러 메리 윌리엄스예요. 저를 새러라고 부르는 사람도 있고 메리라고 부르는 사람도 있어요.”

그렇게 둘러대고 나니 마음이 좀 편해지긴 했지만 더 이상 그 집에 있고 싶은 생각은 없었어요. 어쨌든 주인아저씨가 오기 전에 이 집에서 빠져나가야 했어요. 그런데 이 여자가 털실 뭉치를 가져오더니 내게 도와달라고 했어요. 그녀는 털실을 내 팔에 걸고 감으면서 나를 빤히 쳐다보았어요. 그러더니 이렇게 묻는 게 아니겠어요.

“너, 진짜 이름이 뭐니?”

“네? 진짜 이름이라뇨?”

“네 진짜 이름이 뭐냐니까? 톰이야, 밥이야?”

“아줌마, 불쌍한 계집애를 놀리시면 안 돼요. 그럼 저는 이제 그만…….”

나는 엉거주춤 자리에서 일어났어요. 그러자 그 여자가 말했어요.

“안 돼. 이상하게 생각하지 마. 너를 고발하려는 게 아니니까. 너를 도와주려는 거야. 애 아빠도 너를 도와줄 거다. 자, 솔직히 말해봐. 너 도망친 견습공이지? 주인의 학대에 못 이겨 변장하고 도망친 거지? 애고, 불쌍도 해라. 얘야, 숨기지 말고 털어놔라.”

나는 더 이상 숨길 필요 없겠다며, 다 털어놓겠다고, 대신 고발하지 않겠다는 약속을 지켜달라고 당부했어요. 나는 고아이며, 이곳에서 50킬로미터 정도 떨어진 곳에 살고 있는 어느 몹쓸 농부 밑에서 일꾼으로 있었다고 말했어요. 농부의 학대에 견디다 못해 그 딸의 헌 옷을 훔쳐 입고 이렇게 도망쳤으며, 고센읍에 살고 있는 삼촌을 찾아가는 중이라고 말했어요.

"그래, 내 생각대로구나. 그럼 네 진짜 이름은 뭐니?"

"조지 피터스예요, 아줌마."

"조지 피터스? 아무튼 그 이름을 잘 외고 있어라. 금세 조지 알렉산더라고 바꾸지 말고. 그리고 여자 행세하려면 제대로 해야지. 바늘에 실을 꿸 때는 바늘을 가만히 들고 실을 그 구멍에 넣는 거야. 실에다 바늘을 들이대는 게 아니고. 차라리 그 옷을 벗어던지는 게 나을 게다. 자, 어서 삼촌 댁으로 가거라. 새러 메리 윌리엄스 조지 알렉산더 피터스! 무슨 일이라도 생기면 주디스 로프터스 아줌마에게 연락해라. 그게 내 이름이거든."

그 집에서 나온 나는 카누가 있는 곳까지 허겁지겁 걸어갔어요. 카누를 저어 강 한가운데 왔을 때 시계 종소리가 들렸어요. 나는 노를 멈추고 귀를 기울였어요. 11시였어요. 섬에 상륙하자마자 나는 서둘러 동굴로 갔어요. 짐은 곤하게 잠들어 있었지요.

"짐, 어서 일어나. 사람들이 우리를 쫓고 있어."

짐은 아무것도 묻지 않고 내가 하자는 대로 했어요. 겁에 잔뜩 질려 있었지요. 우리는 우리의 전 재산을 짐이 타고 온 뗏목에 실었어요. 우리는 뗏목을 버드나무 숲에 감춰놓고 언제든 떠날 준비를 하고 있었거든요. 곧이어 우리는 섬 아랫목을 미끄러지듯 지나쳤어요. 둘 다 아무 말이 없었어요.

제8장 난파선

　우리들이 섬 아래쪽에 도달했을 때는 벌써 1시 가까이 되었어요. 그 아저씨들이 탄 보트가 나타나면 재빨리 카누로 옮겨 타고 뗏목을 버린 채 일리노이주 쪽으로 도망갈 작정이었어요. 하지만 보트가 오지 않은 게 천만다행이었어요. 먹을 것들과 총을 모두 뗏목에 실어놓았거든요. 너무 서두르는 바람에 어리석게도 모든 물건을 뗏목에 실어버린 거지요.

　그 아저씨들이 섬에 도착한다면 내가 피워놓은 불을 발견하고 밤새도록 짐이 돌아오기를 기다릴 것이라고 나는 생각했어요. 설사 두 사람이 내 꾀에 넘어가지 않는다 하더라도 도리가 없었어요. 나로서는 최선을 다한 거였거든요. 그 이상의 비열한 방법은 생각해낼 수 없었으니 말이에요.

날이 밝아오기 시작하자 우리는 일리노이주 쪽 강둑의 사주(砂洲)에 뗏목을 매놓았어요. 도끼로 미루나무 가지를 잘라 뗏목을 덮어서 위장도 해놓았고요. 그렇게 해놓으니까 뗏목은 마치 미루나무로 덮인 볼록한 모래톱처럼 보였어요. 미주리주 쪽 강둑에는 산들이 있었고 일리노이주 쪽에는 울창한 숲이 있는데 다 물길은 미주리주 쪽을 향해 흐르고 있었기에 누군가를 만날까봐 걱정할 필요는 없었어요. 나는 뗏목에 앉아 짐에게 그 여자가 했던 이야기를 모두 해주었어요.

사방이 어두워지자 우리는 미루나무 덤불 사이로 얼굴을 내밀고 밖을 내다봤어요. 아무것도 보이는 것이 없었어요. 이제 안심이 되자 짐은 뗏목 위쪽에서 뜯은 판자와 떠다니는 집에서 가져온 송판들로 뗏목 위에 오두막 비슷한 것을 만들었어요. 찌는 듯 햇볕이 내리쬐거나 비가 오면 그 속에 들어가 있기로 한 거지요. 물론 물건들이 젖지 않도록 넣어두는 곳으로도 사용하기로 한 거예요. 그밖에 비상용 노도 몇 개 더 만들었어요.

준비가 끝나자 우리는 뗏목을 강물의 흐름에 내맡긴 채 유유히 떠내려갔어요. 날씨가 아주 좋았고 그날 밤에도, 그 다음 날 밤에도, 그 다음 다음 날 밤에도 아무 일도 일어나지 않았어요. 그사이 우리는 여러 마을을 지나쳤어요. 그리고 닷새째 되는 날 밤 우리는 세인트루이스를 지나갔답니다. 세인트피터즈버그 사람들은 세인트루이스에 2~3만 명이 살고 있다고 했지만 그날, 고요한 밤 새벽 2시에 찬란하게 밝혀진 불빛들을 보기 전까지는 나는 결코 믿지 않았어요.

우리는 매일 밤 10시쯤이면 작은 마을로 슬며시 들어가 옥수숫가루, 베이컨 등 먹을 것들을 10센트나 15센트를 주고 샀어요. 때로는 닭장에서 편한 잠을 이루지 못하고 있는 닭을 슬쩍하기도 했고요. 아빠는 기회가 닿기만 하면 닭을 슬쩍하라고 말하곤 했어요. 내게 닭이 필요 없더라도 누군가는 닭을 원하는 사람이 있기 마련이며, 그런 선행은 결코 쉽게 잊히지 않는 법이라고 했어요. 나는 아빠에게 닭이 필요 없는 경우는 한 번도 본 적이 없었지만 아빠는 늘 그런 이야기를 하곤 했어요.

해가 뜨기 전 아침이면 나는 옥수수밭으로 기어들어가 수박, 참외, 호박, 햇옥수수 같은 것들을 슬쩍 빌려 왔어요. 아빠는 언젠가 갚겠다는 마음만 갖고 있다면 그런 식으로 빌리는 건 조금도 나쁜 짓이 아니라고 했어요. 하지만 더글러스 아줌마는 그건 훔치는 걸 다른 식으로 둘러댄 것이니 착한 아이는 그런 짓을 하면 안 된다고 했어요. 짐에게 그 말을 해주었더니 짐은 아빠 말도 일리가 있고 더글러스 아줌마 말도 일리가 있다고 하더군요. 그러더니 아주 좋은 방법이 있다며 물건들 리스트를 만든 다음 두세 개 물건을 가려내어 그건 빌리지 않도록 하는 게 어떠냐고 했어요. 나머지 것들은 빌려도 아무 문제가 없다는 것이었지요. 그 결정에 합의를 본 날 밤 우리는 강을 따라 내려가면서 밤새도록 그 문제로 골치를 썩였어요. 수박을 빼놓을 것인가, 참외로 할 것인가, 아니면 다른 것으로 할 것인가 결정하기 어려웠거든요. 결국 야생 능금과 감으로 결정하고 난 뒤 우리는 너무 흡족했어요. 야생 능금은 맛이 없었고 감이 익으려면 아직 두세 달은 더 기다려야 했거든요. 우리는 가끔 물새도 사냥하곤 했어요. 말하자면 꽤나 호사스러운 생활을 한 거지요.

출발한 지 닷새째 되는 날 우리는 세인트루이스 하류에서 엄청난 폭풍우를 만났어요. 천둥번개가 요란하게 내리치더니 양동이로 물을 쏟아 붓듯이 비가 억수같이 퍼부어대기 시작했어요. 우리들은 오두막 속으로 들어가 뗏목이 흘러가는 대로 모든 걸 맡겨버렸어요.

그러던 어느 순간, 번갯불이 번찍이는 걸 보고 나는 "어이, 짐!" 하고 짐을 불렀어요. 바위에 부딪혀 난파한 증기선이 보였던 거예요. 우리가 탄 뗏목은 그 증기선을 향해 곧바로 흘러가고 있었어요. 증기선은 앞쪽 갑판 일부만 수면 위로 내놓은 채 비스듬히 기울어져 있었어요. 강 한복판에 슬픈 모습으로 기울어져 있는 그 증기선을 보자 나는 그 어떤 소년이라도 느낌직한 기분에 젖었어요. 그 배 위에 올라가 도대체 무슨 일이 벌어진 것인지, 그 배 안에는 무엇이 있는지 살펴보고 싶어진 거지요.

짐에게 그 말을 하자 짐은 한사코 반대했어요.

"난 싫당께. 요로콤 잘 지내고 있음시롱, 뭘 더 바란당가. 망꾼이 있음 으쩔라고 그러능가."

"망꾼은 무슨 망꾼! 언제 떠내려갈지 모르는 판에 누가 망을 본다는 거야. 게다가 선장실에서 뭔가 값나가는 걸 슬쩍 빌려 올 수도 있잖아. 한 개비에 5센트씩 하는 고급 시가도 있을 거야. 증기선 선장들은 한 달에 60달러씩 월급을 받으니까 부자란 말이야. 어서 양초나 준비해. 빨리 뒤져보자고. 톰 소여 같으면 이걸 그냥 내버려뒀을 것 같아? 어림도 없지. 멋진 모험이라고 할 게 틀림없어. 그런 뒤 한껏 뽐낼 텐데……. 에이, 톰 소여가 있었으면……."

짐은 뭐라고 툴툴거렸지만 이내 내 말을 따랐어요. 우리는 조심조심 난파선 위에 올랐고 금세 선장실 앞에 서게 되었어요. 선장실 문은 열려 있었어요. 그런데 맙소사! 갑판 쪽 선실에 불이 보이는 게 아니겠어요! 무슨 말소리가 들리는 것 같았어요. 짐은 기분이 좋지 않다며 빨리 뗏목으로 돌아가자고 했어요. 나도 겁이 나서 돌아서려고 하는데, 누군가 애원하는 목소리가 들렸어요.

"이보게들, 제발 그러지 말게. 내 절대로 입 밖에 내지 않겠네."

그러자 다른 큰 목소리가 들렸어요.

"거짓말 마, 짐 터너. 네놈은 전에도 이런 짓을 했어. 언제나 네 몫 이상을 원했고 그걸 손에 넣고 말았지. 남들에게 고발하겠다고 협박하면서 말이야. 이번엔 맛을 보여줄 거야."

짐은 벌써 뗏목 쪽으로 가 있었어요. 하지만 나는 호기심을 억누를 수 없었어요.

나는 생각했어요.

'그래, 톰이라면 절대로 도망가지 않을 거야.'

나는 엉금엉금 기어서 그들이 있는 선실 바로 옆 객실까지 갔어요. 가까이 가서 보니 한 사나이가 손과 발이 묶인 채 쓰러져 있었고 그 앞에 두 사나이가 서 있었어요. 한 사람은 램프를 들고 있었고 다른 한 사람은 총을 쥐고 있었지요.

두 명의 사내는 결박당한 사내를 죽일 것인가 말 것인가로 잠시 옥신각신했어요. 그러자 램프를 들고 있는 사내가 권총을 들고 있는 사내에게 손짓으로 따라오라고 했어요. 두 사내는 내가 숨어 있는 객실까지 왔어요. 나는 재빨리 침대에 올라가 숨었어요. 그리고 숨을 죽인 채 그들의 말에 귀를 기울였어요. 그들에게서 위스키 냄새가 진동했지요. 나는 내가 위스키를 마실 줄 모르는 게 천만다행이라고 생각했어요. 하지만 설사 내가 술을 마셨더라도 별 상관이 없었을 거라는 생각이 들더라고요. 이렇게 숨을 죽이고 있으니 술 냄새가 날 리 없었으니까요. 그들 중 총을 들고 있는 자의 이름은 빌이었어요. 그는 당장 총으로 터너를 죽이자고 했어요. 하지만 패커드—등불을 들고 있는 자의 이름이었어요—의 의견은 달랐어요.

"이봐, 나도 저 놈을 죽이고 싶어. 후환은 깨끗이 없애는 게 상책이야. 하지만 좀 더 조용한 방법으로 해치우자고. 우리는 객실을 살펴보며 빠뜨린 물건이나 없는지 챙긴 다음 강가로 가서 감추고 기다리는 거야. 그러면 이 난파선은 떠내려가다가 산산조각 날 거란 말이야. 그렇게 되면 저놈은 저절로 죽을 텐데 공연히 우리 손에 피를 묻힐 필요가 어디 있나? 나는 우리 손으로 사람을 죽이는 건 반대야. 몰상식한 일인 데다가 양심에도 찔리거든."

빌은 패커드의 말에 동의한 듯 고개를 끄덕이더니 객실에서 나갔어요. 나는 재빨리 침대에서 내려와 앞쪽으로 엉금엉금 기어갔어요. 온몸이 땀투성이였지요. 사방이 칠흑처럼 캄캄했어요. 내가 나지막이 "짐" 하고 부르자 짐이 바로 곁에서 신음 소리를 냈어요. 내가 속삭였어요.

"이봐, 짐! 그렇게 꾸물거리면서 신음 소리나 내고 있을 시간이 없어. 저놈들은 살인자들이야. 그놈들이 타고 갈 보트를 찾아서 빨리 떠내려 보내야 돼. 그러지 않으면 저들 중 한 명이 아주 곤란한 지경에 빠질 거야. 우리가 보트를 떠내려 보내면 세 놈 다 곤란한 지경에 빠지게 되겠지. 나중에 보안관이 와서 다 처리해줄 거야. 자, 난 왼쪽 뱃전을 찾아볼 테니까, 짐은 오른쪽을 찾아봐. 우선 뗏목 있는 곳부터 시작해. 그리고……."

그러자 아래쪽을 살펴보던 짐이 놀란 목소리로 말했어요.

"오매! 뗏목이 없어졌당께! 밧줄이 끊어져 떠내려가뿔렀어! 어쩐당가!"

제9장 난파선 탈출

    나는 숨이 막혀 기절할 것 같았어요. 이런 난파선에 저런 무시무시한 악당들과 함께 갇히다니! 하지만 탄식만 하고 있을 겨를이 없었어요. 이제는 우리들 목숨을 살리기 위해 꼭 보트를 찾아야만 했어요. 우리는 부들부들 떨면서 오른쪽 뱃전을 기다시피 걸어갔는데, 고물까지 이르는 데 마치 일주일 이상 걸린 것 같았어요. 너무 무서워 힘이 다 빠져버렸다는 짐을 겨우 달래서 고물 쪽으로 엉금엉금 기어갔어요. 이어서 우리는 들창문에 매달려 고물을 향해 나아갔어요. 채광창이 물에 잠겨 있었기 때문이에요. 겨우겨우 고물에 다가갔을 때 마침내 보트가 눈에 들어왔어요. 너무나 감사해서 눈물이 날 정도였어요. 그런데 내가 보트에 몸을 실으려는 순간 선실의 문이 열리는 게 아니겠어요! 강도들 중 한 명이 내가 있는 곳에서 불과 1미터도 떨어지지 않은 곳에서 고개를 불쑥 내민 거예요. 나는 이제 골로 갔구나 싶었어요. 그 사내가 선실 안으로 고개를 들이밀며 말했어요.

"제길! 그 램프 불빛 좀 치우지 못해!"

그 사내는 뭔가를 보트 안으로 던지더니 보트에 올랐어요. 패커드였어요. 이번에 빌이 나와서 보트에 올라탔지요. 그러자 패커드가 나지막한 목소리로 말했어요.

"자, 됐지! 어서 배를 밀어내!"

나는 너무나 힘이 빠져 채광창에 매달려 있기도 힘들 지경이었어요. 순간 빌이 말했어요.

"잠깐, 자네 그놈 몸을 뒤져보았나?"

"아니. 자네는?"

"나도 아니야. 그럼 놈이 아직 제 몫의 현금을 갖고 있겠군."

"맞아. 그렇다면 함께 가보자고. 허섭스레기만 챙기고 돈을 놔두고 가는 게 말이 되나."

이윽고 그들은 다시 선실로 늘어갔고 문이 꽝 닫혔어요. 나는 재빨리 보트에 올라탔고 짐도 곧바로 내 뒤를 따랐어요. 나는 칼을 꺼내 보트를 매어 놓은 밧줄을 잘랐고 보트는 이내 움

직였어요. 우리는 노를 젓지도 않고 숨을 쉬지도 않았어요. 그냥 물결에 맡겨둔 거지요. 우리가 하류 쪽으로 약 300~400미터쯤 왔을 때 난파선에서 희미한 불빛이 번득이는 걸 볼 수 있었어요. 두 강도는 자신들도 터너와 마찬가지 신세가 된 걸 알고 당황하고 있었겠지요.

짐은 노를 집어 들었고, 우리들은 사라진 뗏목을 찾아보았어요. 그러자 비로소 난파선에 갇힌 세 사람이 걱정되기 시작했어요. 지금까지는 그런 생각할 겨를이 없었거든요. 그들이 비록 강도라고는 해도 그런 곤경에 처하게 되면 얼마나 무서울까, 라고 나는 생각했어요. 나라고 저들처럼 살인자가 되지 말란 법은 없을 텐데, 내가 저런 꼴을 당하면 어떨까 하는 생각을 한 거지요. 그래서 내가 짐에게 말했어요.

"우선 뗏목을 찾아야 해. 여기 보트에 있는 것들을 뗏목에 옮겨 실은 다음에 나는 누군가를 찾아가서 그 악당 놈들을 구해주도록 적당히 꾸며낼 거야. 나중에 교수형에 처해지겠지."

우리는 곧 뗏목을 찾았어요. 우리는 보트의 절반을 채우고 있던 약탈물들을 모두 뗏목에 옮겨 실었어요. 그런 뒤 나는 짐에게 뗏목에 올라타고 그냥 떠내려가다가 3킬로미터 정도 되는 곳에 이르면 불을 켜놓고 내가 돌아올 때까지 끄지 말라고 했어요.

나는 보트를 멀리 불빛이 보이는 곳까지 몰고 갔어요. 가까이 가보니 강가에 정박해 있는 나룻배에서 나오는 불빛이었어요. 그 나룻배에 올라가서 내가 어떤 거짓말을 했는지는 자세히 말하지 않을래요. 거짓말이 좋지 않다는 건 나도 잘 알거든요. 하지만 그다지 찜찜하지는 않았어요. 강도들을 구하기 위해서 꾸며댄 거짓말이니까요. 나는 그 난파선에 우리 가족들이 갇혀서 오도 가도 못하고 있다고 거짓말을 했고 뱃사공이 그 말에 속아 넘어갔다는 것만 말해줄게요.

뱃사공의 나룻배가 난파선을 향해 떠나는 것을 보고 나는 숨겨 놓은 보트로 돌아왔어요. 그 악당들을 위해 이런 수고를 하고 난 뒤에 기분이 아주 좋았어요. 이런 일을 할 만한 사람은 그렇게 많지 않잖아요. 더글러스 아줌마가 알았으면 좋겠어요. 이런 악당들을 살려낸 나를 자랑스럽게 여길 테니까요. 더글러스 아줌마나 다른 착한 사람들은 이런 악당이나 사기꾼들에게 정말 관심이 많거든요.

그런데 사실을 말하자면 다 헛수고였어요. 내가 보트를 저어 가는데 난파선이 어둠속에서 떠내려 오는 게 아니겠어요. 오싹하고 소름이 끼쳤어요. 어둠 속에 보자니 난파선은 물에 깊이 잠겨 있었고, 척 보기에도 그 안에 사람이 살아 있을 수 없다는 것을 알 수 있었어요. 조금 있다가 나룻배가 왔어요. 하지만 나룻배는 난파선 주변을 빙빙 돌다가 수색을 포기하고 그냥 가버렸어요. 나는 노를 저어 곧장 강을 따라 내려갔어요.

얼마나 노를 저어 내려갔을까, 짐이 켜놓은 불빛이 희미하게 보였어요. 마치 1,000킬로미터 이상 떨어져 있는 것 같았어요. 가까스로 그곳에 도착했을 때는 동쪽 하늘이 희뿌옇게 밝아오고 있었지요. 우리는 근처에 보이는 섬에 상륙했어요. 우리는 뗏목을 감춰놓고, 보트는 바닥에 구멍을 뚫어 강물에 가라앉힌 다음 그대로 죽은 듯 잠에 빠져들었어요.

제10장 역사적 교훈

　얼마나 잠이 들었을까, 겨우 깨어난 우리는 그 악당들이 난파선에서 훔쳐낸 물건들을 점검했어요. 장화, 담요와 온갖 옷가지 외에도 갖가지 물건들이 마구 나왔고, 수많은 책들, 소형 망원경에 시거가 세 상자나 나왔어요. 우리들이 이렇게 부자였던 적은 정말로 없었어요. 시거는 정말 최상급이었어요. 우리는 오후 내내 숲속에 누워 한가하게 이야기를 나누었지요. 그런 뒤 나는 책도 읽으며 즐겁게 보냈어요.

　나는 책을 읽으며 짐에게 왕이니, 공작이니, 백작이니 하는 사람들이 얼마나 화려하게 차려 입는지 이야기해주고, 서로를 누구누구 씨라고 부르지 않고 폐하니 각하니 경이니 부른다고 말해주었어요. 그랬더니 짐은 눈망울이 튀어나올 정도로 호기심을 보였어요.

"나는 그런 사람들이 고로큼 많은지 몰랐당께. 솔라믄 왕인가 빼놓고는 그런 사람 야그를 들은 적이 없당께. 왕은 월급을 을마나 받능가?"

"월급? 원한다면 한 달에 1,000달러도 더 받을걸. 얼마든지 다 가질 수 있어. 뭐든지 다 자기 건데 뭐."

"거참 근사한디. 그란디 그 사람들은 뭔 일을 한당가?"

"아무것도 안 해! 짐, 아무것도 모르면서 그런 말하지 마! 그 사람들은 그냥 가만히 앉아 있기만 한다니까."

"그란디 말이여. 사람들은 솔라믄인가 하는 왕이 세상에서 젤로 어질다 안 했는가? 난 암만 해도 믿을 수 없당께."

"아냐, 정말 어진 임금이었어. 더글러스 아줌마가 그렇다고 말했단 말이야."

"난 그 과부가 뭐라건 콧방귀도 안 뀐당께. 솔라믄 왕이 어질긴 으디가 어질당가. 내가 봉께 빌어묵을 짓거리만 했구먼. 아, 어린애를 둘로 싹둑 잘라뿌리러 했다는 야그 자네도 아는감?"

"알아. 아줌마가 이야기해줬어."

"아, 그런 터무니없는 야그가 시상에 으디 있는감. 자, 나가 솔라믄 왕이라 치재. 여기 있는 1달러짜리가 어린애고. 저그 저

나무들을 아낙네라 치믄, 서로 자기 애라고 다툰단 말이재. 그
럼 으캐 해야 하능가? 이 1달러짜리가 누구 건지 캐서 온전히
돌려줘야 하지 않능감. 근디, 그걸 반으로 자른다꼬? 내 자네
에게 물어봄세. 그 절반짜리가 무신 소용 있는감? 그런 반쪽이
100명 있다 해도 무신 소용 있는감?"

"그만해, 짐. 짐은 요점을 놓치고 있어. 멀리 가도 한참 멀리
가 있단 말이야."

"누가? 나가 말이여? 요점 같은 소리 하지 말랑께. 그 솔라
믄이 한 짓은 제정신인 사람이 할 짓이 아니제. 헉, 솔라믄 얘긴
하지도 말랑께. 나가 손바닥 들여다보듯 다 알고 있응께."

"짐, 그런 이야기가 아니라니까."

"거, 참, 헉은 나가 하는 말을 못 알아듣는구먼. 애가 100명쯤
있다믄 모를까, 달랑 하나나 둘밖에 없는디 으찌 그걸 쪼갤 수
있당가? 100명이 되더라도 애는 소중히 다뤄야 하능 거 아닌
감? 솔라믄은 애가 증말 많았는감? 맞구만. 그랑께 애를 고로
콤 잘라버릴락 하지."

나는 이런 검둥이는 처음이었어요. 일단 한 가지 생각을 하
게 되면 절대로 그 생각을 바꾸지 않는 것이었어요. 솔로몬 이
야기에 이렇게 맹렬하게 달려드는 검둥이는 처음이었어요. 나

는 솔로몬 이야기는 그만하는 게 낫겠다 싶어 다른 왕 이야기를 꺼냈어요.

　나는 옛날에 단두대에서 목이 잘린 프랑스의 루이 16세 이야기를 꺼냈어요. 그리고 그 아들이 왕이 되었다가 나중에 감옥에 갇혀 죽게 되었다는 이야기를 해주었지요.

　"불쌍한 애로구먼."

　"그런데 감옥에서 탈출해서 미국으로 왔다고 말하는 사람도 있어."

　"잘되았구먼. 헌디, 여그서는 심심하겠네. 여긴 왕이란 게 읍승께."

　"그래, 없지."

　"그러면, 일자리가 읍슬 거 아닌감. 그래, 뭔 일을 했다고 하능가?"

　"그야 나도 모르지. 여기 와서는 경찰이 되는 사람도 있고, 사람들에게 프랑스 말을 가르치는 사람도 있대."

　"시방 머라 했능가? 그럼 프랑스 사람들은 우리랑 다른 말을 하능가?"

　"그럼 다르지. 짐, 짐은 프랑스 사람이 하는 말을 한 마디도 못 알아들을걸."

"아니, 시상에! 으째 그런당가?"

"내가 어떻게 알아. 나도 프랑스 사람이 뭐라고 쏼라쏼라하는 걸 들은 적이 있어. 만약 누군가 짐에게 '폴리-부-프란지'(파를레 부 프랑세? 즉 당신 불어하세요, 라는 뜻 – 옮긴이)라고 말한다면 짐은 어떤 생각이 들겠어?"

"생각은 무신 생각! 그놈 대갈통을 깨부셔버리고 말것지. 절대 용서 안 할 거구먼."

"짐, 그건 욕이 아니야. 프랑스 말을 할 줄 아느냐고 물어본 거야."

"그럼 왜 그렇게 말하지 않느냐 이거여."

"그게 그런 뜻이라니까. 그게 프랑스 말이야."

"암튼, 디게 웃기는 말이로구먼. 더 이상 그런 소리 듣기 싫당께. 아무 뜻도 없자능가."

"짐, 고양이하고 개가 우리 사람들처럼 말해?"

"못하지. 고양이가 으째 사람 말을 한당가?"

"그러니까 프랑스 사람도 우리랑 다른 말을 하는 거야."

"헉, 고양이가 으디 사람이당가? 개도 소도 사람이 아니게?"

"아니지."

"그란디 프랑스 사람은 사람 아니랑가? 그란디 으째서 사람

말을 안 하냐 이그여, 시방. 어디 말 좀 해보랑게."

　나는 더 이상 이야기해보았자 아무 소용없다는 것을 깨달았
어요. 나는 포기하고 입을 다물었어요.

제11장 양심의 가책

우리들은 거의 하루 종일 잠을 잔 뒤에 밤이 되자 그 섬을 떠났어요. 우리는 사흘 밤 안이면 일리노이주 남단 강 어구의 케이로에 도착할 수 있겠다고 생각했어요. 바로 그곳이 우리의 목적지였거든요. 거기서 뗏목을 팔아 증기선을 타고 오하이오강을 거슬러 올라 자유주(州)로 들어가면 만사가 다 해결될 것으로 생각한 거지요.

우리가 강물이 굽어진 곳으로 접어들었을 때 날이 흐리고 무더워졌어요. 강폭이 아주 넓은 데다 양쪽 강가에는 우거진 숲이 담벼락처럼 늘어서 있었어요. 짐과 나는 케이로 이야기를 하면서 거기 닿으면 과연 거기가 케이로인지 우리가 알아볼 수 있을까 의견을 나누었어요. 나는 알아보기 어려울 거라고 짐에게 말했어요. 그곳에는 집이 몇 채 없다는 이야기를 들은 적이 있거든요. 만일 그곳 사람들이 불을 켜놓고 있지 않는다면 그냥 지나칠 수도 있는 것 아니겠어요? 짐은 두 강물이 하나로 합쳐지는 곳이니까 알 수 있을 거라고 했어요. 하지만 내가 우리는 섬 끝을 지나고 있다고 생각하고 있지만 실제로는 원래 강으로 되돌아온 것일 수도 있다고 말하자 짐이 불안해했어요.

그래서 내가 묘안을 냈지요. 제일 먼저 불빛이 보이면 강둑으로 카누를 저어 간 다음 사람들에게 아빠가 장사배를 타고 뒤따라온다, 그런데 초행길이라 케이로가 얼마나 남았는지 몰라 궁금해하신다, 라고 말하면 될 거라고 한 거예요. 그러자 짐은 묘안이라며 기뻐했어요. 이제 우리들은 정신 바짝 차리고 도시 불빛을 놓치지 않도록 지켜보는 것 외에는 할 일이 없었어요.

희미한 불빛이 보일 때마다 짐은 "저기다!"라고 외치며 벌떡 일어나곤 했어요. 하지만 번번이 실망해서 주저앉았어요. 도깨비불이거나 반딧불이 불이었거든요. 짐은 다시 주저앉아 열심히 앞을 주시했어요. 짐은 자유가 가까워진다고 생각하니 온몸이 떨리고 열이 날 지경이라고 말했어요. 그런데 짐의 그 말을 듣고 나도 몸이 떨리고 열이 났다는 걸 고백해야겠네요. 이제 짐이 거의 자유롭게 된 거나 마찬가지라는 생각이 불현듯 떠오른 거지요. 그렇다면 그건 누구 책임이지? 그래요, 그건 바로 내 책임이었어요. 아무래도 양심에 찔리는 걸 어쩔 수 없었어요. 너무 괴로워서 안절부절못할 지경이었어요. 이제까지는 내가 대체 무슨 짓을 하고 있는 건지 전혀 생각이 없었던 거예요. 하지만 이제 전혀 달랐어요. 그 생각이 좀처럼 머리를 떠나지 않고 점점 더 나를 괴롭혔어요.

내가 짐을 주인에게서 빼돌린 게 아니니 내 탓이 아니야, 라고 아무리 자신을 달래보려 해도 소용이 없었어요. 그때마다 양심이 고개를 쳐들고 이렇게 말하는 거였어요.

'너는 짐이 자유를 찾아 도망친 것을 알고 있지 않았느냐. 언제고 강변에 배를 대고 누군가에게 말할 수 있지 않았느냐.'

정말 변명의 여지가 없는 속삭임이었어요. 또한 양심은 이런 말도 했어요.

'불쌍한 왓슨 아줌마가 대체 네게 뭘 어떻게 했다고 그 아줌마의 검둥이가 도망치는 걸 네 두 눈으로 똑똑히 보고도 아무 말도 안 했단 말이냐. 그 아줌마는 너를 공부시키려 했고 예절을 가르쳐주려 했으며 할 수 있는 한 네게 진설하러 하지 않았느냐. 그런 아줌마를 왜 엿 먹인단 말이냐.'

나는 스스로가 너무 비열하고 비참하게 생각되어 죽고 싶을 지경이었어요. 그 바람에 나는 뗏목 위를 왔다 갔다 했고 짐은 짐대로 초조해서 잠시도 가만히 있지 못했어요. 짐이 벌떡 일어나며 "저기, 케이로다!"라고 외칠 때마다 나는 마치 총에라도 맞은 것 같았어요. 그리고 저기가 정말 케이로라면 나는 죽은 것과 마찬가지라고 생각했어요.

내가 그런 생각에 잠겨 괴로워하고 있는 동안 짐은 내내 큰소리로 떠들었어요. 자유주에 가게 되면 우선 돈을 한 푼도 쓰지 않고 모을 거다, 돈이 모이면 왓슨 아줌마네 집에서 별로 멀지 않은 곳으로 팔려간 마누라를 사올 거다, 그런 뒤 둘이 열심히 일해서 돈을 모아 아들 둘을 되사올 것이며, 만일 주인이 팔지 않는다면 노예 폐지론자들과 힘을 합해 아들들을 훔쳐올 작정이다, 라고 하는 거예요.

그런 말을 듣고 있자니 내 몸이 꽁꽁 얼어붙을 지경이었어요. 짐이 이전에는 감히 그런 이야기를 한 적이 없었거든요. 자기가 거의 자유로운 몸이 되었다는 생각이 들자마자 그렇게 변해버린 거예요. '검둥이에게 하나를 주면 열을 바라는 법이다'라는 옛말이 딱 맞았어요. 나는 이 모든 일이 내 생각이 모자라서 벌어졌다고 생각했어요. 내 눈앞에 내가 도망치는 걸 도와준 것과 다름없는 검둥이가 있었어요. 그런데 그 검둥이가 아주 단호하게 자기 아이들을 훔쳐오겠다고 말하고 있는 거예요! 내가 알지도 못하고 내게 아무런 해도 끼치지 않은 사람에게서 말이에요!

짐이 그런 말을 하는 걸 듣고 있자니 언짢았어요. 짐이 점점 더 형편없는 검둥이로 보이게 된 거예요. 나는 계속 나를 질타하고 있는 내 양심에게 속으로 이렇게 외쳤어요.

'제발 나를 내버려둬! 이제라도 늦지 않았어! 불빛이 보이는 대로 강변으로 달려가서 다 말할 거야.'

그러고 나니까 한결 마음이 깃털처럼 가벼워지고 편해졌어요. 모든 고민이 깨끗이 사라져버린 거지요. 나는 불빛이 나타나기를 날카롭게 지켜보며 콧노래를 불렀어요. 마침내 불빛이 하나 보였어요. 짐이 큰소리로 외쳤어요.

"헉, 이젠 됐구마! 어서 뛰쳐나가 춤을 추장께. 이제 고로큼 정겨운 케이로에 왔당께. 척 봄시 알겠구먼!"

내가 짐의 말을 받았어요.

"짐, 내가 카누를 타고 가서 보고 올게. 혹시 틀렸는지도 모르잖아."

짐은 얼른 카누를 준비하더니 바닥에 윗저고리를 깔아 내가 편히 앉도록 해주었어요. 이윽고 내가 노를 젓기 시작하자 짐이 말했어요.

"이자 좀 있음 내가 기뻐서 큰 소리를 지를 것이고만! 그라고 이렇게 말할 것이여. 이게 다 헉 덕분이라고! 헉이 없었다면 나는 자유의 몸이 될 수 없었을 거라고. 헉은 내 젤로 좋은 친구라고! 이 늙은 짐의 하나밖에 읍는 친구라고!"

나는 짐을 밀고하러 가려고 열심히 노를 젓다가 짐이 하는 말을 듣고는 온몸에 힘이 쭉 빠졌어요. 저절로 노를 천천히 젓게 되었고, 내가 지금 하는 짓이 잘한 짓인지 아닌지 분간이 되지 않았어요. 하지만 나는 이제 와서 그만둘 수는 없어, 무슨 일이 있더라도 이 일을 해야만 해, 라고 자신을 추슬렀어요.

그때였어요. 총을 든 두 사내가 타고 있는 작은 보트가 보였어요. 보트가 내가 탄 카누로 다가오더니 그 안에 타고 있던 한 남자가 내게 물었어요.

"저기 있는 게 뭐냐?"

"뗏목이에요."

"네 거냐?"

"네, 아저씨."

"저기 누군가 타고 있냐?"

"한 명밖에 없어요, 아저씨."

"오늘 밤 검둥이 다섯 놈이 강 상류, 강물이 굽어지는 곳에서 도망쳤다. 저기 타고 있는 자가 백인이냐, 흑인이냐?”

나는 얼른 대답하지 못했어요. 대답하려 했지만 입이 떨어지지 않은 거예요. 나는 온 힘을 다해 용기를 내려 했어요. 하지만 용기가 나지 않았어요. 토끼만큼의 용기도 없었던 거지요. 온몸의 기운이 다 빠져나가는 것 같았어요. 나는 용기를 북돋는 걸 포기하고 불쑥 말해버렸어요.

“백인이에요.”

“우리가 직접 가서 확인해보고 싶은데.”

“제발 그렇게 해주세요.” 내가 재빨리 말했어요. “저 뗏목에 우리 아빠가 계시거든요. 아저씨들이 저 불빛이 보이는 데까지 뗏목을 끌어가는 걸 도와주실 수 있지요? 아빠는 병에 걸렸고, 우리 엄마도, 매리 앤도 모두 병에 걸렸어요.”

“이런 제길! 바빠 죽을 지경인데! 그렇지만 못 본 척할 수도 없는 노릇이로군. 자, 노를 저어라. 함께 가자.”

나는 노를 젓기 시작했고 그 사나이들도 노를 집어 들었어요. 노를 저으며 내가 말했어요.

“아빠가 정말 고마워할 거예요. 나른 사람들에게 부탁하니까 다 도망가버렸거든요. 나 혼자서는 할 수가 없었고요.”

“거, 나쁜 놈들이로군. 그런데 이상하구나. 애야, 네 아버지가 지금 어떻다는 거냐?"

"그게……, 그러니까……, 뭐 별 거 아니에요."

"꼬마야, 거짓말하지 마. 아버지에게 무슨 일이 있는 거냐? 정직하게 말해봐. 그게 더 나을 거다."

"말할게요. 정직하게 말할게요. 하지만 제발 우리들을 버리지는 말아주세요. 저, 아저씨들……, 그냥……, 조금만 더 가주세요……. 밧줄만 잡아주시면……, 그러면 뗏목에 가까이 가지 않으셔도……. 제발 부탁이에요."

"존, 어서 보트를 돌려! 어서 돌리라고!" 두 사내 중 한 사람이 외쳤고 그들이 탄 보트는 뒤로 물러났어요. "꼬마야, 가까이 오지 마! 벌써 균이 바람에 날려 왔는지도 모르겠네! 꼬마야, 네 아버지, 천연두에 걸렸지? 너도 잘 알면서 왜 그 말을 안 한 거냐? 온 천지에 병을 퍼뜨리고 싶어?"

나는 울면서 말했어요.

"그렇게 말하니까 전부 다 도망가버렸어요."

"불쌍한 놈. 꼬마야, 네 처지가 딱하긴 하다만 우리는 천연두에 걸리고 싶지 않아. 자, 어떻게 해야 할지 알려주지. 30킬로미터쯤 강을 따라 내려가다 보면 마을이 하나 있어. 거기 가서 도움을 청할 때 집안 식구들이 감기에 걸려 잠을 자고 있다고 말하도록 해라. 바보 같은 소리를 해서 사람들이 지레짐작하게 만들지 마. 저기 불빛이 비치는 데는 가봐야 아무 소용없어. 그냥 목재소야. 암튼 너희들은 우리들로부터 30킬로미터 이상 떨어지는 거다. 자, 이 판자 위에다 20달러짜리 금화를 올려놓을 테니 판자가 네 옆으로 떠내려가면 집어라."

그러자 다른 사람도 20달러짜리 금화를 판자 위에 올려놓으며 말했어요.

"자, 파커 아저씨 말대로 해라. 이건 내가 주는 거다."

그 사나이들은 가버렸고 나는 잠시 후 뗏목에 올라탔어요. 나는 내가 나쁜 짓을 저지른 걸 알고 비참한 마음이었어요. 나는 아무리 좋은 일을 하려고 해도 별 수 없다는 것을 알게 된 거예요. 어렸을 때부터 좋은 일하는 버릇을 들이지 못했으니 도리가 없었지요.

그런 생각을 하면서 나는 중얼거렸어요.

'그런데 내가 옳은 일을 하고 짐을 넘겨주었다면 지금보다는 마음이 편할까? 아냐. 영 기분이 엉망이었을 거야.'

나는 다시 생각을 정리해보았어요.

'옳은 일을 하는 건 힘이 들고 나쁜 일을 하는 건 쉬운데, 그 결과가 똑같다면 굳이 옳은 일을 하려고 노력할 필요가 없잖아?'

내 생각은 거기에서 딱 멈추고 말았어요. 그 질문에 대답을 할 수 없었던 거예요. 그래서 앞으로는 그 문제를 갖고 너무 신경 쓰지 말고 그때그때 형편에 따라 편리한 쪽으로 행동하기로 결정했어요.

나는 뗏목 위 오두막 안으로 들어갔어요. 그런데 짐이 보이지 않았어요.

"짐!" 내가 소리를 치자 짐의 목소리가 들렸어요.

"헉, 여그랑께. 고로콤 소리치덜 말어. 그 사람들 가버렸제?"

짐은 고물에 달려 있는 노 아래 코만 빠끔히 내민 채 물에 들어가 있었어요. 짐은 뗏목 위로 올라오며 말했어요.

"내 다 들었구마. 강가로 헤엄쳐 도망가겠다고 마음 먹었제. 헉, 증말 멋지게 속여뿌렸구만! 이 늙은 짐이 그 은혜를 잊지 않을 것이여."

우리는 그 사나이들이 준 돈을 나누어 가졌어요. 짐은 이 돈만 있으면 증기선 배표를 살 수 있다며 여간 기뻐한 게 아니었어요.

제12장 브리지워터 공작과 루이 17세

　이삼 일 낮과 밤이 흘러갔어요. 그렇게 시간이 흐르듯 우리들의 뗏목도 아주 조용하고 평온하게 흘러갔어요. 어느덧 강은 어마어마하게 거대한 강이 되어 있었지요. 강폭이 무려 2.5킬로미터 이상 될 때도 있었으니까요. 우리는 밤에 활동하고 밤이 끝날 무렵이 되면 강가에 뗏목을 매어 두고 쉬었어요. 물이 고여 있는 모래톱에 뗏목을 세워놓고 미루나무와 버드나무 가지를 잘라다 덮어 놓았지요. 우리는 낚시도 하고 헤엄도 치면서 놀았어요. 헤엄을 치고 나면 모래톱 바닥에 앉아서 동이 트는 걸 바라보았어요. 아무 소리도 들리지 않고 천지가 쥐 죽은 듯 고요했지요. 마치 온 세상이 잠들어 있는 것 같았어요. 저 멀리 강가의 숲이 마치 한 가닥 줄처럼 어렴풋이 눈에 들어올 뿐 아무것도 알아볼 수 없었어요.

이어서 하늘이 희뿌옇게 밝아오면서 저 멀리 작고 검은 점 같은 것들이 떠 있는 게 보였어요. 장삿배라든지 뭐 그런 거였지요. 그리고 검은 줄무늬 같은 게 보였는데, 뗏목이었어요. 때로는 노 젓는 삐걱 소리가 들리기도 했고 사람들 목소리가 멀리서 들려오기도 했어요. 이어서 동이 트면 강 건너 오두막이 보이고 시원한 산들바람이 불어왔어요. 시원하고 신선한 숲 냄새, 꽃향기가 코끝을 스쳤지요. 이윽고 날이 훤하게 밝아오면 즐거운 새들 노랫소리가 들려오기 시작하지요. 우리는 낚싯줄에서 물고기를 떼어내어 아침을 짓고 식사를 했어요. 식사 뒤에는 식곤증에 그대로 잠에 곯아떨어졌고요. 사방이 고요했고 완전한 고독 그 자체였어요. 그렇게 고독한 낮을 보내고 난 뒤 밤이 되기가 무섭게 우리는 뗏목을 타고 출발했어요. 강 한복판까지 뗏목을 몰고 간 다음 뗏목이 강물에 흘러가도록 내버려두는 거지요.

뗏목 생활은 정말 멋졌어요. 우러러보면 하늘이 있고 온통 별들이 반짝이고 있었지요. 우리들은 벌렁 드러누워 별을 누가 만든 건지, 아니면 저절로 저렇게 떠 있는 건지 토론을 벌이기도 했어요. 나는 저절로 생겼다고 주장하는 쪽이었어요. 저렇게 많은 별들을 만들려면 오죽 많은 시간이 필요했겠어요. 하지만 짐은 달이 별을 낳았다고 했어요. 그 말도 꽤 일리가 있어서 나는 그다지 크게 반대하지 않았어요. 나는 언젠가 개구리가 무섭게 많은 알을 낳는 걸 본 적이 있었거든요. 그러니 달도 그럴 수 있다는 생각이 든 거예요. 우리들은 가끔 길게 꼬리를 물고 떨어지는 유성도 볼 수 있었어요. 짐은 못쓰게 된 별들이 둥지에서 쫓겨난 거라고 했어요.

자정이 지나면 강가에 사는 사람들은 모두 잠자리에 들고 그 후 두서너 시간 동안 양쪽 강변은 어둠 속에 잠기게 되지요. 우리에게는 멀리 오두막의 불빛들이 시계 구실을 했어요. 어느 오두막에선가 첫 불빛이 나타나면 그건 아침이 왔다는 것을 뜻했고 우리들은 뗏목을 감출 장소를 찾았지요.

어느 날 아침 먼동이 틀 무렵이었어요. 나는 가까운 해안에 정박해 두었던 카누에 올라 노를 저으며 급류를 거슬러 올라가고 있었어요. 나는 혹시 딸기라도 찾을까 싶어 2킬로미터 정도를 개울을 따라 삼나무 숲 사이로 카누를 저어 갔어요. 눈앞에 소들이 짓밟아 만들어놓은 것 같은 오솔길이 나타났어요. 그런데 두 사내가 황급히 이쪽을 향해 뛰어오고 있는 게 아니겠어요? 나는 이제 꼼짝없이 골로 갔구나, 라고 생각했어요. 누군가가 누군가를 쫓고 있다면 쫓기는 쪽은 언제나 나 아니면 짐이라고 생각하고 있었으니까요. 나는 황급히 그곳으로부터 도망가려 했어요. 하지만 내가 갈대 사이로 몸을 숨기기도 전에 사내들은 이미 내 곁에 와 있었어요. 그러고는 다급하게 살려달라고 소리치는 게 아니겠어요. 자기네들은 아무 잘못도 없는데 말을 탄 사람들과 개들이 자기들을 쫓고 있다는 거예요. 그들이 황급히 카누에 오르려 하자 내가 말했어요.

"그렇게 서두를 필요 없어요. 아직 말발굽 소리와 개 소리가 안 들리잖아요. 덤불숲을 헤치고 개울이 있는 곳으로 가서 물속을 걸어 이곳으로 오세요. 그래야 개가 냄새를 못 맡아요."

두 사람은 내가 시키는 대로 했고 그들이 카누에 올라타자마자 나는 뗏목을 매어놓은 모래톱을 향해 노를 저었어요. 5분인가, 10분이 지났을 무렵 멀리서 개 짖는 소리와 함께 사람들 목소리가 들렸어요. 얼마 뒤 목소리가 들리지 않게 되었고, 카누는 숲을 뒤로 하고 강으로 나올 수 있었어요. 이윽고 우리는 무사히 모래톱에 도착해서 미루나무 밑에 안전하게 숨었어요.

두 사람 중 한 명은 일흔 살도 넘어 보였는데 대머리에 잿빛 구레나룻을 기르고 있었어요. 낡아빠진 모자를 쓰고 기름때에 절은 푸른색 털 셔츠, 장화 속에 아무렇게나 쑤셔 넣은 다 해진

청바지를 입고 있었어요. 손에는 커다란 낡은 손가방을 들고 있었는데, 가방의 배가 볼록했어요.

역시 비슷한 손가방을 들고 있는 다른 사내는 서른 살 정도의 젊은 사람이었는데 몰골이 초라한 것은 똑같았어요. 우리는 아침 식사를 한 뒤 이야기를 나누었어요. 그런데 제일 먼저 알게 된 사실은 두 사람이 서로 모르는 사이라는 것이었어요.

"어쩌다 이런 일을 겪었나"라고 노인이 젊은이에게 물었어요.

"나는 치석 제거하는 약을 팔고 있었지요. 그 약은 치석 제거에 신통한 효력이 있어요. 치석뿐 아니라 치아의 에나멜까지 벗겨버린다는 게 문제이긴 했지만……. 슬슬 마을을 떠야겠다고 생각하고 있는 차에 영감을 만난 거요. 악당들이 쫓아오고 있으니 도와달라는 바람에 '에라, 모르겠다' 생각하고 함께 줄행랑을 친 거요. 내 얘기는 그게 다요. 영감은 사연이 뭐요?"

"아, 그 마을에서 일주일 동안 아주 좋았지. 금주(禁酒)부흥회를 열고 있었다니까. 여편네들한테 인기가 좋았는데……. 술꾼들을 호되게 혼내줬으니까. 하룻밤에 수입이 5, 6달러가 넘었지. 한 사람당 10센트씩 받았거든. 물론 애들하고 검둥이는 공짜였어. 그런데 어찌 된 일인지 내가 남들 몰래 술을 마신다는 소문이 난 거야. 오늘 아침 검둥이 한 명이 나를 깨우더니 사람들이 나를 잡으러 몰려온다는 거야. 나를 반 시간 정도 먼저 도망가게 한 다음 개들을 앞세워 뒤쫓으려 한다는 거였어. 나를 사냥하겠다는 거지. 그래서 냅다 도망쳤어."

"영감, 우리 둘이 동업을 하면 잘할 것 같은데, 영감은 어때요?" 젊은이가 노인에게 물었어요. 그러자 노인이 대답했어요.

"마다할 것 없지. 그런데 자네는 주로 무슨 일을 하는가?"

"못 하는 일 빼고는 모두 하지요. 주로 인쇄업을 하고, 의사 일도 하고요. 극장 일도 하고 배우도 하고 기회가 되면 최면술에 골상학도 하고……. 돈을 받고 노래를 가르치거나 지리 가르치는 학교를 열기도 하고요. 때로는 강연도 합니다. 손에 닥치는 대로 뭐든 하는 겁니다. 영감은 무슨 일을 합니까?"

"한창 시절엔 의사 노릇을 잘했지. 머리에 손을 얹는 게 내 장기야. 암이니 중풍이니 그런 병들을 고쳤다니까. 게다가 점도 잘 쳤어. 물론 누군가가 슬쩍 미리 정보를 알려준다면 말일세. 설교도 내 주특기야. 야외 설교도 하고 전도하러 돌아다니기도 해."

잠시 모두들 아무 말이 없었어요. 그런데 젊은이가 갑자기 한숨을 내쉬더니 말했어요.

"이런, 세상에!"

"대체 왜 그리 한숨을 내쉬는 건가?" 대머리 영감이 물었어요.

“내가 어쩌다 이런 생활을 하게 된 건지, 내가 어쩌다 이런 작자들과 어울리게 되었는지 생각하고 그러는 겁니다.” 그는 그 말을 하면서 헝겊으로 눈가를 훔쳤어요.

“이런, 천하에 고얀 놈 같으니라고! 우리가 뭐가 어떻다고 네놈과 어울릴 수 없다는 거냐!” 영감이 거드름을 피우며 말했어요.

“맞아요. 그래도 싸지요. 그처럼 고귀한 신분을 이렇게 형편없게 만든 게 바로 나 자신이니까요. 나는 여러분을 비난하는 게 아니에요. 다 자업자득인 걸요.”

“도대체 무슨 소리를 하고 있는 거냐?”

“아마 여러분들은 내 말을 믿지 않겠지요. 하지만 상관없어요. 내 출생의 비밀 같은 건······.”

“출생의 비밀이라니?”

“여러분!” 젊은이는 꽤나 엄숙한 말투로 말했어요. “여러분들은 믿을 수 있는 사람들 같으니 내 비밀을 털어놓겠어요. 사실 나는 공작(公爵)입니다.”

그 말을 듣자 짐의 두 눈이 튀어나왔어요. 내 눈도 그랬을 거예요. 그러자 대머리 영감이 “뭐야! 그럴 리가!”라고 외쳤어요.

“정말입니다. 브리지워터 공작의 아들이었던 내 증조부는 지난 세기 말에 이 땅으로 왔습니다. 신선한 자유의 공기를 숨 쉬기 위해서였습니다. 그리고 이 땅에서 결혼해서 자식 한 명을 남겨놓고 세상을 떴습니다. 바로 그 무렵 그의 부친도 세상을 떠났고 차남이 작위와 재산을 모두 빼앗아갔습니다. 어린애였던 진짜 공작은 무시되고 말았던 겁니다. 내가 그 어린애의 직계 자손입니다. 브리지워터 공작이란 말입니다. 그런데 이렇게 영락한 꼴이 되어 사람들의 무시나 받고 있다니!"

이 말을 듣고 짐과 나는 그 젊은이를 위로했어요. 그러자 그 젊은이는 자신을 알아뵈주기만 하면 된다고, 앞으로는 자기에게 말을 걸 때면 고개를 숙이고, '각하', '전하', '경' 등의 호칭을 붙여달라고 했어요. 뭐, 별로 어려운 일도 아니어서 우리는 그대로 했지요.

그런데 이번에는 '공작'의 이야기를 듣고 있던 영감이 입을 꼭 다물었어요. 공작이 공작 대접을 받고 있는 모습을 지켜보는 게 영 탐탁지 않은 눈치였어요. 뭔가 자기도 할 말이 있는 것 같았어요.

그날 오후 영감이 드디어 입을 열었어요.

"이보게, 빌지워터. 자네, 정말 안됐구먼. 하지만 그런 식으로 고통받고 있는 게 자네 혼자가 아니라네."

"뭐라고요?"

"암, 자네 혼자가 아니지. 고결한 지위에서 이렇게 추락해버린 게 자네만은 아니란 말일세."

그 말을 하면서 영감은 울음을 터뜨렸어요.

"아니, 왜 이러슈! 대체 무슨 말이유?"

"빌지워터, 내가 자네를 믿어도 되나?" 영감이 여전히 흐느끼면서 말했어요.

"목숨 걸고 맹세하지요! 어서 영감 비밀을 말해봐요."

"빌지워터, 나는 행방불명된 프랑스 황태자야."

나와 짐은 정말로, 정말로 크게 놀랐어요. 그러자 공작이 말했어요.

"뭐라고요? 지금 뭐라고 했어요?"

"그렇다네, 젊은이. 자네는 지금 자네 눈앞에서 그 불쌍한 루이 17세를 보고 있는 거라네. 행방불명된 황태자! 루이 16세와 마리 앙투아네트의 아들!"

"당신이! 이렇게 늙은 당신이! 차라리 샤를마뉴 대제라고 하시지! 당신은 최소한 육칠백 살은 돼 보이니까."

"빌지워터, 고생을 한 탓에 그리 된 거라네. 여러분, 프랑스 국왕이 이렇게 남루한 차림으로 여러분 앞에 있는 거요!"

그가 어찌나 서럽게 울어대는지 나와 짐은 어쩔 줄 몰랐어요. 우리는 그를 위로해주며 어떻게 대해주어야 하느냐고 물었어요. 그러자 영감은 신분에 맞는 대접을 해달라고, 말을 걸 때는 반드시 무릎을 꿇고 '폐하'라고 해달라고 주문했어요. 우리는 곧바로 그의 주문대로 했어요. 그러자 그는 말도 못 하게 흐뭇해했지요. 다만 브리지워터 공작만이 못마땅해하는 눈치가 역력했지만 루이 17세가 그를 잘 다독여서 둘은 악수를 하고 친하게 지내기로 약속했어요. 우리들은 마음이 놓였어요. 뗏목 위에서는 그 무엇보다 화목하게 지내는 게 제일이었으니까요.

나는 얼마 가지 않아 이 거짓말쟁이들이 왕도, 공작도 아니고 그저 협잡꾼이요, 사기꾼이라는 것을 알게 되었어요. 하지만 나는 한 마디도 뻥끗하지 않은 채 그대로 내버려두었어요. 아무 내색도 않고 지내는 것, 그게 언제나 최선이랍니다. 싸울 필요도 없어지고 귀찮은 일도 생기지 않으니까요. 그들이 자기를 왕이니 공작이니 불러달라고 해도 나는 아무 반발도 하지 않았어요. 그래야 평화가 지켜질 테니 말이에요. 짐에게 말해줘 봤자 아무 소용이 없을 것 같아서 짐에게도 말해주지 않았어요. 내가 아빠에게 유일하게 배운 게 있다면, 아빠와 비슷한 유의 사람들과 잘 지내는 유일한 방법은 그들이 무슨 짓을 하건 그냥 내버려두라는 거였어요.

제13장 참회한 해적

　브리지워터는 곧 우리에게 질문 공세를 퍼부었어요. 왜 밤에만 여행을 하는지, 혹시 짐이 도망친 노예가 아닌지 물은 거예요. 나는 대답했어요.

　"아니, 도망친 노예라면 바보같이 남쪽으로 가겠어요?"

　이어서 나는 다음과 같이 둘러댔어요.

　"우리 가족은 미주리에 살고 있었는데 아버지는 빚을 남긴 채 병으로 죽었어요. 빚을 모두 갚고 나니 남은 건 달랑 16달러 하고 검둥이 짐뿐이었어요. 나는 짐을 팔고 싶지 않았어요. 사람들은 나보고 뉴올리언스에서 작은 농장을 경영하고 있는 숙부에게 가라고 했어요. 그런데 가는 도중에 우리가 타고 가던 증기선이 뗏목을 들이받고 침몰한 거예요. 나하고 짐은 정말

고생을 많이 했어요. 사람들이 짐을 도망간 노예라며 빼앗으려 했기 때문이에요. 그래서 이렇게 밤에만 이동하는 거예요."

그러자 공작이 말했어요.

"낮에도 여행할 수 있는 방법을 내가 한번 찾아보지. 하지만 오늘은 그냥 전처럼 하자. 저 건너 마을 옆을 낮에 지나고 싶지 않단 말이야. 저긴 안전하지가 않아서."

밤이 되자 하늘에서 번개가 번쩍이고 나뭇잎들이 떨리기 시작했어요. 비가 올 것 같았지요. 우리들은 사방이 어두워지자 곧 출발했어요. 왕은 강 한복판까지 나가기 전에는 절대로 불을 켜지 말라고 신신당부했어요. 잠시 후 작은 불빛들이 보였어요. 마을이었지요. 우리는 불빛으로부터 약 1킬로미터 정도 떨어진 곳에 이를 때까지 불을 밝히지 않았어요. 마을로부터 멀어진 다음에도 나와 짐은 날이 밝을 때까지 번갈아 망을 보았어요. 왕과 공작이 뗏목 위 오두막을 차지하는 바람에 나와 짐은 비를 맞으며 밖에서 잘 수밖에 없었어요. 하지만 날씨가 따뜻해서 별로 불편할 것도 없었어요.

밤새 뗏목을 저어가다 오두막집 불이 하나 둘 밝혀지기 시작하자 나는 짐을 깨워 뗏목을 숨겼어요. 아침 식사를 끝내자 왕과 공작은 한 판에 5센트씩 걸고 '세븐 업' 카드 게임을 했어요. 얼마간 게임을 하다 싫증이 나자 공작이 여행 가방을 뒤져 인쇄된 전단을 몇 장 꺼내더니 우리들에게 읽어주더군요.

첫 번째 전단에는 '파리의 유명한 골상학자인 아르망 드 몽탈방 박사가 내일 골상학 강의를 할 예정임. 신청하는 사람에게는 그 사람의 자질과 결점이 명기된 강의 수료증을 발급할 것임'이라고 적혀 있었으며 입장료는 10센트, 수료증 발급료는 25센트라고 적혀 있었어요.

두 번째 전단에는 런던과 파리 왕립 극단에서 명성을 떨친 셰익스피어 연극의 대가 개릭 2세의 공연 소식을 전하는 글이 적혀 있었고 다른 전단들에도 각기 다른 이름의 사람들이 놀라운 일을 행한다는 문구들이 적혀 있었어요. 예를 들면 마술 지팡이로 물과 금을 찾아낸다, 마녀의 주문을 쫓아낸다는 등이었어요. 공작은 그렇게 신기한 모든 일을 해내는 게 바로 자기라고 말한 뒤 덧붙였어요.

"하는 족족 성공을 거뒀지. 어디서 무엇을 할 건지만 잘 생각하면 되는 거야. 하지만 무엇보다 연극에서 뮤즈가 되는 게 내 주특기지. 그런데 폐하, 혹시 무대에 서본 적이 있습니까?"

"없는데."

"그렇다면 영락한 폐하, 얼마 후 고전극을 연기하게 해드리지요. 제일 먼저 가게 된 마을에서 극장을 빌려서 〈리처드 3세〉의 결투 장면과 〈로미오와 줄리엣〉에서의 발코니 장면을 연기하기로 하지요. 어떻습니까?"

"돈이 된다면야 무슨 일이건 할 수 있지. 한데 빌지워터, 자네 내게 연기를 가르칠 수 있겠나?"

"폐하, 기억력은 어떤가요?"

"기억력이야 좋지."

"그럼 됐어요. 나머지는 모두 내게 맡겨요. 곧바로 시작하지요. 심심풀이도 될 테니."

공작은 왕에게 〈로미오와 줄리엣〉의 줄거리를 말해주었어요. 그리고 자기는 늘 로미오 역을 맡았으니 왕에게 줄리엣 역을 맡으라고 했지요.

"하지만 줄리엣은 젊은 여자 아닌가?" 왕이 말했어요.

"걱정 말아요. 의상만 잘 갖추면 당신의 대머리를 가릴 수 있을 테니. 이런 시골뜨기 촌놈들이 알아볼 리도 만무하고. 게다가 잠들기 전 발코니에서 달빛을 즐기는 장면이니 아무 문제없어요. 흰 잠옷을 입고 하얀 잠자리용 모자를 쓰고 있을 테니까. 자, 의상들을 보여줄게요."

공작은 가방에서 의상들을 몇 벌 꺼냈어요. 그 의상들을 입

어보고 왕은 아주 흡족해했지요. 이어서 공작은 책을 꺼내더니
연기 시범을 보인 다음 왕에게 대사를 외워보라고 했어요.

얼마 뒤 멀리 작은 마을이 보이자 우리는 그 마을로부터 약
5킬로미터 정도 떨어진 곳에 뗏목을 세웠어요. 왕과 공작이 마
을을 향해 길을 떠났어요. 짐이 내게 함께 따라가서 커피를 사
오라고 하기에 나도 따라 나섰어요.

마을에 도착해보니 개미새끼 한 마리도 보이지 않았어요. 어
느 집 뒷마당에서 일광욕을 하고 있는 검둥이를 만나서 물어보
니 아이들과 노인, 몸이 아픈 사람들을 빼놓고는 모두 이 마을
에서 3킬로미터 정도 떨어진 곳에서 열리고 있는 야외 부흥집
회에 갔다는 거예요. 왕은 집회가 열리는 곳이 어디냐고 묻더
니 그곳에 가서 한탕 벌여보겠다고 했어요.

공작은 인쇄소에 볼일이 있다고 했어요. 우리는 목조 건물
2층에 있는 작은 인쇄소를 찾아냈어요. 인쇄공이랑 목수랑 모
두 집회에 갔는지 없었고, 문에는 열쇠가 그대로 꽂혀 있었어
요. 안으로 들어가니 신분 쏘가리가 여기저기 널려 있었고 온
통 잉크 얼룩투성이였어요. 세상에 그렇게 지저분한 곳은 처음
봤어요. 공작은 여기저기 마구 뒤진 다음 윗저고리를 벗어부치

며 말했어요.

"이제 됐어. 난 여기서 사업 좀 벌일 테니 폐하와 너는 집회 장소로 가."

나하고 루이 17세는 반 시간쯤 걸려서 집회 장소에 도착했어요. 날씨가 너무 더워 온통 땀범벅이었어요. 집회 장소는 정말 요란했어요. 그 장소로부터 30킬로미터 안에 있는 마을에서 1,000명 이상이나 모였으니까요. 숲은 온통 짐마차들로 가득 차 있었고 임시 막사 비슷한 오두막들에서는 레모네이드랑, 생강과자, 수박, 날옥수수 들을 팔고 있었어요.

다른 오두막들과 비슷한 모양새이지만 좀 더 큰 오두막들 안에서 설교가 진행되고 있었어요. 우리들은 그중 한 오두막으로 들어갔어요. 목사가 한 줄 한 줄 찬송가를 읽었고, 사람들은 목이 터져라 찬송가를 따라 부르고 있었어요. 찬송가가 끝나자 목사의 설교가 시작되었어요. 성경을 높이 쳐든 채 어찌나 큰 소리로 열정적으로 설교를 하는지 1킬로미터 밖에서도 들릴 정도였어요.

"이것이 광야의 뱀이니라! 이것을 보고 살지어다!" 그러면 사람들은 "영광 있으라! 아-아-멘" 하고 크게 외쳤어요. 목사는 성경책을 단 위에 놓고 설교단 주위를 왔다 갔다 하다가 금방

다시 성경책으로 돌아가서 그 책을 들고 주먹으로 탁자를 내리
쳤어요.

"바로 여기에 구원의 반석이 있나니! 성령을 받아들이라! 악
마를 떨쳐버려라! 이 진리의 샘물을 마셔라! 두드려라, 그러면
열릴 것이다! 오, 곤고한 자, 죄지은 자여, 오라! 고통받는 자여,
오라! 회개한 자여, 오라! 상처받은 영혼이여, 회개한 영혼이여,
오라! 천국의 문은 넓게 열려 있나니, 그 문을 두드려라! 오, 영
원한 휴식으로 들어오라."

목사의 설교에 사람들은 비명을 지르고 울부짖었어요. 이곳
저곳에서 회개하는 자들이 자리에서 일어나 앞으로 나갔고 사
람들은 그들을 껴안고 감격의 눈물을 흘렸어요. 이어서 앞으로
나간 회개하는 자들끼리 껴안고 어찌나 감격해서 눈물을 흘리
는지 온통 감동의 도가니였어요.

그동안 왕은 조용히 앉아 있었기에 나는 그를 별로 주의 깊
게 보지 않았어요. 그런데 어느 순간 갑자기 왕이 흥분하더니
단상으로 뛰어올라가 두 팔을 벌리고 목사를 껴안는 게 아니겠
어요. 사람들이 모두 흥분해 있었지만 왕이 흥분을 당할 자는
없었어요. 왕은 목사를 껴안고 키스 세례를 퍼부으며 자신을
구해주어서 고맙다고 말했어요. 그러자 너무 기분이 좋아진 목

사가 왕에게 사연을 들려달라고 부탁했고 왕은 목사의 부탁을 받아들였어요.

왕은 모두를 정말로 흥분하게 만들었답니다. 왕은 자신이 지난 40년 동안 인도양에서 해적 노릇을 했다고 말했어요. 그런데 지난봄 싸움에서 부하들을 많이 잃게 되어 새로운 부하들을 모으려고 고향으로 돌아가는 중이었다고 했어요. 그런데 어젯밤에 강도를 당하는 통에 돈 한 푼 없이 증기선에서 강제로 상륙을 당했다는 거였어요. 이어서 왕은 큰 목소리로 "할렐루야!"라고 외치더니 그 일은 불행이 아니라 정말로 기쁜 일이었으며 난생 처음으로 정말 감사할 일을 겪었다고 말했어요. 왕의 말로는 자신이 구원을 받은 것이며 완전히 딴 사람이 되었다는 거예요. 그는 무슨 수를 쓰든지 인도양으로 돌아가 해적들을 구원의 길로 이끄는 데 평생을 바치겠다고 했어요. 돈 한 푼 없이 인도양으로 간다는 게 막막하긴 하지만 그래도 무슨 수를 써서라도 하느님의 말씀을 실천하기 위해 가겠다, 해적 한 명 한 명 설득하면서 결코 이곳의 야외 집회에 내린 하느님의 은총을 잊지 말라고, 그 은총을 맛보게 해주신 목사님께 감사하라고 하겠다, 라며 열변을 토했어요.

열변을 끝낸 후 그는 울음을 터뜨렸어요. 이어서 막사 안은 울음과 환희, "아멘" 소리로 가득 찼어요. 그때 누군가가 "저분을 위해 성금을 모읍시다!"라고 외쳤고 여기저기서 "옳소!"라는 고함이 들렸어요. 그러자 누군가가 "저분이 모자를 들고 우리들 사이를 돌아다니게 하시오"라고 외쳤고, 왕은 목사의 청을 마지못해 받아들이는 척하면서 모자를 들고 사람들 사이를 돌아다녔어요. 그날 왕은 돈뿐 아니라 여자들 키스 세례도 듬뿍 받았어요.

그날 뗏목으로 돌아와 계산해보니 무려 87달러 75센트나 벌어들였어요. 게다가 왕은 텐트로 돌아오는 도중 짐마차에서 3갤런들이 위스키 한 병도 슬쩍했어요. 정말 수입이 짭짤했지요.

왕을 만나기 전까지 공작은 자신도 한몫 단단히 잡았다고 생각하고 있었을 거예요. 하지만 왕의 활약상을 듣고는 약간 기가 죽었어요. 그는 인쇄소에서 도망친 말을 찾는 농부의 전단을 만들어주고 4달러를 벌었으며 10달러짜리 신문 광고 주문을 받고 선불로 4달러를 받아 챙겼어요. 그 외에도 그는 남의 인쇄소에서 주인 행세를 하며 9달러 30센트를 챙겼는데 나는 자세한 내막은 모르겠어요.

약간 기가 죽어 있던 그는 마지막으로 전단지 한 장을 꺼내면서 의기양양해졌어요. 우리 모두를 위해 큰일을 했다는 거였지요. 그 전단지에는 검둥이 그림이 한 장 그려져 있고 그 아래 '현상금 200달러'라고 적혀 있었어요. 검둥이는 바로 짐이었고, 작년 겨울 뉴올리언스에서 60킬로미터 하류에 있는 세인트자크 농장에서 도망친 노예라는 글이 적혀 있었어요.

공작이 말했어요.

"이제 다 잘된 거야. 우리는 낮에도 당당히 항해를 할 수 있게 되었다니까. 누군가 호기심에 우리들 가까이 오면 잽싸게 짐을 묶어 오두막 한 군데 뒹굴게 해놓는 거야. 그리고 이 광고 전단을 보이며 우리가 이놈을 잡아가는 중이라고 하면 된다, 이거지."

우리는 공작이 정말 머리가 좋다며 칭찬했어요.

우리는 곧장 그곳을 떠났어요. 공작이 한 짓이 들통 나면 소동이 일어날 게 뻔했으니까요. 우리가 마을로부터 꽤 멀어졌을 때 짐이 내게 말했어요.

"헉, 우리 여행 중에 왕들을 더 만날 것 같응가?"

"아니, 안 그럴 것 같은데."

"그려. 그럼 됐구먼. 한둘이라면 몰라도 왕이 그 이상이믄 골치 아프당께. 증말 술 주정뱅이랑께. 공작도 나을 게 업제."

한 가지 더 말해줄 게 있어요. 짐은 프랑스 말이 듣고 싶은지 왕에게 프랑스 말 좀 해보라고 졸랐어요. 그러자 왕은 이 나라에 온 지 너무 오래되었고, 하도 고생하는 바람에 다 잊어버렸다고 대답했어요.

제14장 연극 상연

해가 뜬 뒤에도 우리는 뗏목을 숨길 필요 없이 계속 떠내려 갔어요. 수배 전단 덕분이었지요. 아침 식사 후 왕은 바지를 걷어붙이고 발을 물에 담근 채 〈로미오와 줄리엣〉 대사를 암기하기 시작했어요. 입에 곰방대를 물고 아주 느긋한 자세였지요. 어느 정도 암기가 되자 왕과 공작은 연극 연습을 시작했어요. 공작은 대사 한 마디, 한 마디마다 왕에게 어떻게 연기해야 하는지 일일이 가르쳤어요. 얼마 뒤 공작은 왕에게 이제 꽤 잘한다고 칭찬하더니 덧붙였어요.

"다만, 그렇게 황소처럼 '로미오!'라고 울부짖으면 안 돼요. 부드럽게, 상심한 듯이, 괴로운 마음을 담아 '로-오-미-오'라고 해야 돼요. 줄리엣은 아직 귀여운 어린 소녀잖아요. 나귀처럼 힝힝거릴 줄 모른단 말입니다.”

〈로미오와 줄리엣〉 연습을 한 다음 두 사람은 떡갈나무 가
지로 만든 긴 칼을 들고 칼싸움 연습을 시작했어요. 공작은 자
기가 리처드 3세라고 했어요. 둘이 뗏목 위에서 뛰어다니며 칼
싸움하는 꼴은 정말 가관이었어요. 그들의 연습은 왕이 실수로
발을 헛디뎌 강에 빠지자 끝이 났어요.

점심 식사가 끝나자 공작이 왕에게 말했어요. 좀 친해진 말
투였어요.

“이보시오, 왕. 우리 공연을 멋진 일류 공연으로 만들어야 하
지 않겠소. 그러자면 뭔가 덧붙여야 할 것 같은데……. 앙코르
에 응할 뭔가를 준비해야겠어요.”

“옹코르? 그게 뭔가, 빌지워터?”

공작이 뭐라고 설명한 뒤에 덧붙여 말했어요.

“나는 스코틀랜드의 춤이나 뱃사공들의 춤으로 앙코르에 응
하겠어요. 자, 영감님은 뭐로 한다? 옳지, 그거야! 영감님은 햄
릿의 독백으로 하면 되겠네.”

“햄릿의 뭐라고?”

“독백이오. 아, 셰익스피어 연극들 중 제일 유명한 것도 몰라
요? 정말 숭고하지요! 암, 숭고하고말고요. 늘 청중들을 뽕 가

게 만든다니까. 책이 없으니 어쩐다. 그래, 기억을 더듬어보면
될 거야."

공작은 잔뜩 찌푸린 얼굴로 한참을 왔다 갔다 하더니 대사를
기억해낸 모양이더라고요. 그러더니 두 팔을 앞으로 내밀고 큰
소리로 대사를 외우기 시작했어요. 나는 그가 외운 대사를 여
기서 들려주고 싶은 생각은 없어요. 그가 제대로 기억해낸 건
지 자신도 없거니와, 실은 그가 들려준 것을 내가 외우지 못했
거든요. 한 가지 확실한 건 왕이 그 대사를 멋지게 따라했다는
거예요. 그는 마치 이 대사를 위해 세상에 태어난 사람 같았어
요. 왕은 대사를 완전히 외울 수 있게 되자 흥이 나서 이리 뛰
고 저리 뛰면서 낭송하다가 갑자기 우뚝 서곤 했어요. 정말 볼
만한 광경이었지요.

이후 뗏목 위에서는 심심할 틈이 없었어요. 계속 칼싸움과
연극 연습이 벌어지고 있었으니까요. 우리는 강을 따라가는 동
안 눈에 띄는 작은 마을로 가서 식량을 사곤 했어요. 첫 번째
마을에 들렀을 때 공작이 카누에 나와 함께 타고 가겠다고 하
더니 얼마 뒤 광고 전단을 한 뭉치 들고 나타났어요. 공연 홍보
전단을 인쇄한 거지요.

이삼 일 정도 지난 어느 날 아침 우리가 아칸소주 쪽으로 꽤

내려갔을 때 강이 굽어지는 곳에 작은 마을이 하나 나타났어요. 우리는 그 마을로부터 약 1킬로미터 정도 떨어진 곳에서 뗏목을 세우고 나무에 묶었어요. 우리는 짐만 그곳에 남겨놓은 채, 카누를 타고 강을 따라 마을로 갔어요. 혹시 이 마을에서 연극을 할 기회가 없을까 살펴보려 한 거지요.

우리는 정말 운이 좋았어요. 마침 그날 오후 서커스 공연이 열리게 되어 있어서 벌써부터 시골 사람들이 마차와 말을 타고 모여들고 있었던 거예요. 서커스 공연은 날이 어두워지기 전에 끝날 테니 그들이 떠난 다음, 모여 들었던 사람들을 대상으로 한바탕 연극 공연을 할 좋은 기회를 얻은 거지요. 공작은 공회당을 빌렸고 우리는 광고 전단을 붙이고 돌아다녔어요. 전단에는 다음과 같은 선전 문구가 적혀 있었지요.

셰익스피어 리바이벌!!!

엄청난 볼거리!!
오늘 밤 단 한 번의 기회!
세계적인 명배우들 출연하다!

런던 드루리 극장 전속 배우 데이빗 개릭 2세

런던 피카딜리, 푸딩 레인, 화이트 채플, 왕립 헤이마켓

극장 및 왕립 콘티넨털 극장 전속 에드먼드 킨 1세

이 명배우들이 셰익스피어의 〈로미오와 줄리엣〉 중 장엄

한 발코니 장면을 선보인다!

로미오 역 .... 개릭 2세

줄리엣 역 .... 킨 1세

그들이 연기할 또 한 편의 명장면!!

〈리처드 3세〉 중 스릴 넘치며 더없이 장엄하고, 간담을

서늘하게 할 결투 장면!!

리처드 3세 역 .... 개릭 2세

리치몬드 역   .... 킨 1세

 특별 요청에 의한 또 한 편의 명장면!!

그 유명한 킨 1세가 재연하는 〈햄릿〉의 독백!

파리에서 연속 300회 공연!

박두한 유럽 공연 일정으로 인해 오늘 밤 단 1회 공연!

기대하시라!!

입장료 25센트, 소인 및 하인 할인 요금 10센트

　전단지를 다 붙인 다음 우리는 마을을 둘러보았어요. 가게와 집들은 모두 금세 쓰러질 듯 낡은 목조 건물이었으며 페인트라고는 구경도 못 해본 것 같았어요. 집 주위로는 자그마한 정원들이 있었지만 잡풀들만 무성했고 잿더미, 낡은 신발들, 깨진 병, 넝마, 찌그러진 양철 깡통들이 나뒹굴고 있었어요. 울타리도 온갖 다른 종류의 나무들을 못질해서 엉성하게 엮어놓았는데, 그나마도 이리저리 기울어져 있었어요. 어쩌다 하얗게 칠한 울타리가 눈에 띄기도 했는데 공작은 콜럼버스 시절에 칠한 것 같다고 말했고 내가 보기에도 정말 그런 것 같았어요. 대부분의 정원에는 돼지들이 꿀꿀거리며 돌아다니고 있었고 사람들이 돼지 뒤를 쫓고 있었어요.

　가게들은 모두 한쪽 길에 죽 늘어서 있었는데, 기둥에는 말들이 매어져 있었어요. 그리고 가게 앞에 놓인 상지에 사람들이 앉아서 그야말로 빈둥거리고 있었어요. 그러다가 심심하면 서로 욕지거리를 해가며 싸움을 하기도 했고요.

시간이 흘러가면서 점점 더 사람들이 많이 모여들기 시작했어요. 서커스 공연 시작 시간이 된 거예요. 나는 감시인의 눈치를 살피다가 그가 멀어진 틈을 타서 재빨리 텐트 아래로 기어들어갔어요. 내게는 20달러짜리 금화 외에도 얼마간 돈이 더 있었지만 그 돈을 함부로 쓰고 싶지 않았어요. 이렇게 집에서 멀리 떨어진 곳에 나와 있으니 언제 돈이 필요하게 될지 모르는 일 아니겠어요. 별 도리가 없다면 서커스 구경 같은 데 돈을 쓰는 걸 나는 반대하지 않아요. 하지만 좋은 방법이 있는데 돈을 낭비할 필요는 없잖아요.

정말로 멋진 서커스였어요. 신사들과 숙녀들이 한 쌍을 이루어 말을 타고 등장하는 장면은, 정말이지 생전 처음 보는 멋진 광경이었어요. 아마 스무 명쯤 되는 것 같았는데, 속바지와 셔츠만 입은 남자들도 멋있었지만 여자들도 하나같이 아름다운 미인들이었어요. 모두들 정말로 여왕 같았으며, 수백만 달러나 하는 값나가는 옷에 다이아몬드를 주렁주렁 달고 있었어요.

하지만 그건 시작에 불과했어요. 정말 처음부터 끝까지 놀라 자빠질 묘기들을 선보인 거예요. 말을 타고 입장했던 사람들이 옷을 갈아입고 차례차례 등장하면서 보여준 묘기들을 내가 여러분들에게 일일이 소개해주면 아마 나보고 거짓말을 한다고 할 거예요. 게다가 어릿광대의 익살이란! 어떻게 때맞춰 척척 그런 익살들을 부릴 수 있는지 도무지 믿을 수 없을 정도였어요. 나 같으면 1년 내내 궁리하더라도 단 한 가지 익살도 생각해내지 못할 거예요.

사람들이 모두 온갖 묘기에 넋을 잃고 있었을 때였어요. 갑자기 어떤 주정뱅이 한 명이 링 안으로 뛰어들려고 했어요. 자기는 말을 정말 잘 탄다며 말을 타게 해달라는 거예요. 뚱뚱한 몸집에 무지하게 둔해 보였어요. 서커스 단원들이 그를 밖으로 몰아내려 했지만 막무가내였어요. 그 바람에 서커스가 중단된 거예요. 사람들이 "저 놈을 끌어내라!" "박살 내버려라!" 소리를 질렀고, 여자들도 한두 명 비명을 지르기 시작했어요. 그러자 서커스 단장이 사람들을 진정시키기 위해 일장 연설을 했어요. 그는 이런 소란이 이는 건 원치 않는다, 또 저 취객이 더 이상 말썽을 부리지 않겠다고 약속만 해준다면 말을 타게 해주겠다, 라고 말했어요. 그러고는 "다만 그가 무사히 말 위에 올라탈 수 있기만 하다면 말입니다"라고 토를 달았어요.

그 사내는 비틀거리더니 겨우겨우 말에 올라탔어요. 그런데 그가 말 위에 올라타자마자 말이 껑충껑충 날뛰면서 링 안을 돌기 시작하는 거예요. 술주정뱅이는 말의 목을 잔뜩 끌어안고 있었고 말이 뛰어오를 때마다 그의 발꿈치가 공중으로 치솟았어요. 구경꾼들은 모두 눈에서 눈물이 날 정도로 웃었어요. 말은 점점 더 미친 듯 달리기 시작했고 그 사내는 말 모가지에 매달린 채 때로는 오른쪽 발을 때로는 왼쪽 발을 땅에 질질 끌었어요. 사람들은 배꼽을 잡고 미칠 듯 웃어댔지만 나는 술주정뱅이가 너무 위험해 보여 몸을 부들부들 떨었어요.

이윽고 주정뱅이가 간신히 말 잔등에 제대로 올라탔어요. 그러고는 몸을 이리저리 건들건들하면서 겨우 말고삐를 잡았어요. 그런데 정말 놀라운 일이 벌어졌어요. 그 주정뱅이가 고삐를 놓더니 말 위에 우뚝 서는 게 아니겠어요! 그러자 말은 마치 꽁지에 불이라도 붙은 것처럼 더 맹렬하게 달렸어요. 주정뱅이 사내는 술 한 방울도 마시지 않은 것처럼 그렇게 말 위에 서서 편안하게 말을 몰았어요. 그러더니 옷을 훌훌 벗어던지기 시작하는 게 아니겠어요. 무려 열일곱 벌이나 말이에요. 그가 옷을 다 벗어던지자 정말 멋진 복장이 나타났어요. 그는 말 위에서 가볍게 뛰어내린 다음 사람들에게 꾸벅 인사를 하고는 의상실로 뛰어갔어요. 구경꾼들은 기쁨과 놀라움으로 울부짖고 있었고요.

그때 단장이 얼마나 얼빠진 표정을 하고 있었는지 여러분들에게 보여줄 수만 있다면! 그 술주정뱅이는 서커스 단원이었는데 그렇게 감쪽같이 단장까지 속인 거예요. 나는 내 손에 1,000달러를 쥐어주더라도 단장처럼 멍청한 꼴은 당하고 싶지 않아요. 주변에서 누군가가 이미 다 짜놓은 거라고 말했지만 나는 믿지 않아요. 단장 표정을 보고도 그런 말을 하다니! 정말로 사람 마음을 읽을 줄 모르는 사람이에요. 어쨌든 정말 너무 멋진 서커스였고, 이런 서커스라면 기회가 있을 때마다 빼놓지 않고 볼 거예요.

그날 밤 우리들의 공연은 대실패였어요. 구경꾼이라고는 겨우 열두 명뿐이었으니까요. 공작 말로는 겨우 경비를 뺄 정도였대요. 게다가 그 구경꾼들마저 비웃음만 흘리고 있어서 공작은 화가 치밀었어요. 구경하다가 잠이 든 한 명의 사내만 빼놓고는 모두들 도중에 가버렸어요. 공작은 이 아칸소 촌놈들은 그런 고급 작품을 감상할 자격이 없는 저질들이다, 이놈들에게는 저질 코미디가 제격이다, 라고 툴툴거렸어요. 그러더니 "그래, 이놈들 구미에 맞는 연극을 보여줘야겠다"라고 말했어요.

다음 날 공작은 어디서 구했는지 포장지 몇 장과 검정 페인트로 광고 전단을 새로 만들어서 마을 곳곳에 붙였어요. 광고 전단에는 이런 문구가 적혀 있었어요.

　　모두 공회당으로!

　　사흘 밤에 한함

　　세계적인 유명 비극 배우 데이빗 개릭 2세 및

　　런던과 유럽 콘티넨털 극장 전속 에드먼드 킨 1세

　　스릴만점의 비극 〈국왕의 기린〉

　　일명 〈왕실의 걸작〉

　　입장료, 50센트

그리고 맨 밑에는 제일 큰 글씨로 이렇게 적혀 있었어요.

　　여성 및 미성년자 입장 금지

공작은 말했어요.

"자, 이제 됐어. 만일 이 마지막 줄을 보고도 사람들이 오지 않는다면 아칸소 놈들은 도무지 알 수 없는 놈들이란 뜻이야."

다음 날 공작과 왕은 하루 종일 무대 장치를 하느라 정신이 없었어요. 공연이 성공했느냐고요? 물론 대성공이었지요. 홀안은 입추의 여지가 없었으니까요. 사람들이 더 이상 들어올 수 없게 되자 문지기 노릇을 하던 공작은 슬쩍 뒤로 돌아가 무대 앞에 서더니 짤막하게 일장 연설을 했어요. 그는 이 비극이 스릴 만점의 명작이다, 이 작품의 주연을 맡은 에드먼드 킨 1세는 세계 곳곳에서 극찬을 받은 명배우라고 늘어놓았어요. 구경꾼들의 기대가 최고조에 달했을 때 드디어 막이 올랐어요.

이어서 왕이 무대에 등장했어요. 벌거벗은 몸으로 엉금엉금 기어 나온 거예요. 몸뚱어리에는 마치 무지개 모양으로 화려한 줄무늬가 그어져 있었고요. 구경꾼들은 좋아라 하며 깔깔거렸어요. 왕이 그 모양으로 이리저리 뛰어다니다가 무대 뒤로 사라지자 구경꾼들은 모두 박수를 치며 깔깔거리는 등 난리도 그런 난리가 없었어요. 사람들이 하도 박수를 쳐대는 바람에 왕은 다시 무대로 나왔어요. 그리고 또 같은 짓을 되풀이했어요. 늙은 영감이 그 짓을 해대는 꼴을 봤다면 아마 암소도 웃었을 거예요.

순간 공작이 막을 내렸어요. 그러고는 무대에 올리기에, 성원에 감사한다, 런던에 이미 빡빡한 일정이 잡혀 있어 이곳에서는 이틀밖에 더 공연을 못하게 되어 유감이다, 라고 말했어요. 그리고 다시 한번 머리 숙여 인사하면서 만일 이 연극이 재미있고 유익했다면 주변에 널리 선전해 달라는 부탁도 했어요.

스무 명쯤 되는 사람들이 고함을 쳤어요.

"뭐야! 벌써 끝난 거야? 이게 다야?"

공작은 그렇다고 대답했어요. 포스터에 막간에 대한 소개가 없으니 단막극인 줄 알고 들어왔을 것 아니냐는 것이었어요. 그러자 온통 난리가 났어요. 사람들은 모두 "사기다!" "속았다!" 라고 소리치며 무대로 뛰어올라가려 했어요. 바로 그때 점잖게 차려입은 풍채 좋은 신사 한 명이 의자 위에 올라서더니 큰 소리로 외쳤어요.

"여러분, 잠깐! 할 말이 있습니다."

모두들 주춤하며 귀를 기울이자 신사가 말했어요.

"우리는 모두 속아 넘어갔소. 틀림없는 사실이오. 하지만 이대로 끝난다면 우리는 이 마을에서 영영 웃음거리가 되고 말거요. 절대로 그럴 수는 없소. 자, 이렇게 합시다. 그냥 조용히 이곳에서 나갑시다. 그리고 이 연극을 칭찬해서 다른 사람들도 우스갯거리로 만듭시다. 어때, 내 말이 틀렸소."

"맞소!" 사람들이 이구동성으로 외쳤어요. "판사님 말씀이 옳습니다!"

그러자 판사라는 신사가 다시 말했어요.

"좋습니다. 우리가 속았다는 말은 한 마디도 하지 맙시다. 어서들 집으로 돌아가 다른 사람들에게 이 연극을 보러 오라고 권합시다."

다음 날 이 마을에 이 연극이 정말 훌륭하다는 소문이 쫙 퍼졌고, 당연히 공연은 초만원이었어요. 전날과 똑같은 일이 벌어진 다음에 우리는 뗏목으로 돌아왔어요. 한밤중이 되자 왕과 공작은 나와 짐에게 뗏목을 강 한복판으로 끌어낸 다음, 마을에서 3킬로미터 정도 떨어진 하류에 감춰두라고 했어요. 우리는 시키는 대로 했어요.

다음 날도 연극은 초만원이었어요. 그런데 뭔가 달랐어요. 우선 관객들이 처음 오는 사람들이 아니라 전에 왔던 사람들이었어요. 공작과 함께 입구에 서 있던 나는 공연장으로 들어가는 사람들의 주머니가 불룩하거나 윗저고리에 뭔가 감추고 있는 것을 알 수 있었어요. 나는 코를 감싸 쥐었어요. 썩은 달걀 냄새, 썩은 양배추 냄새가 진동했거든요. 나는 잠깐 안으로 들어가보았어요. 너무나 많은 냄새가 뒤섞여 있는 통에 도대체 무슨 냄새인지 분간해낼 수가 없었어요.

이윽고 극장이 만원이 되자 공작은 한 사나이를 붙잡고

25센트짜리 은화 한 닢을 주면서 문지기 일을 부탁한다고 했어요. 그러더니 뒤쪽 무대로 향하는 문 있는 데로 돌아가면서 내게 따라오라고 했어요. 우리가 모퉁이를 돌아 어둠 속에 잠기자마자 공작이 내게 말했어요.

"자, 악마가 뒤에서 쫓아온다고 생각하고 잽싸게 도망쳐! 뗏목 있는 데까지 달려가는 거다!"

잠시 후 우리는 뗏목 위에 몸을 싣고 유유히 강물 위를 떠내려가고 있었어요. 나는 왕이 불쌍했어요. 함께 도망치지 못했으니 지금쯤 구경꾼들이 경을 치고 있으리라 생각했거든요. 그런데 그게 아니었어요. 왕이 뗏목 위 오두막에서 엉금엉금 기어나오면서 이렇게 말하는 게 아니겠어요. 왕은 아예 마을에 가지도 않았던 거예요.

"공작, 오늘 밤은 재미가 어땠나?"

그러자 공작이 신이 나서 떠들었어요.

"멍청이 같은 놈들! 나는 첫날 왔던 놈들이 입을 다물고 다른 놈들을 끌어들일 걸 알고 있었지. 그리고 사흘째 되는 날 복수하려고 벼르리라는 것도 알고 있었단 말이야. 엿이나 먹어라, 이 멍청이들아!"

사흘 동안 악당들은 무려 465달러나 벌어들였어요. 마침내 놈들이 코를 골기 시작하자 짐이 내게 말했어요.

"헉, 저 왕들이 헉에게 뭔가 몹쓸 짓을 하지 않았는감? 놀라지 않았는감?"

"놀라긴 왜 놀라? 왕들 하는 일은 으레 다 그 모양인데."

"오매, 왕들이 고로콤 악당이랑가?"

"한번 책을 읽어봐."

나는 짐에게 내가 알고 있는 지식을 총동원해서 책에서 본 왕들의 악행을 막 비난했어요. 그러자 짐이 말했어요.

"여그, 우리 왕도 고로콤 저질이제?"

"짐, 왕들이란 다 그런 법이라니까."

"그랑께, 더 이상 왕은 필요 없다지 않능가. 둘이면 되었지."

짐에게 이들이 왕도 공작도 아니라고 말한들 무슨 소용이 있겠어요. 게다가 짐은 진짜 왕과 가짜 왕을 구별할 수도 없을 텐데요.

제15장 장례식

다음 날 해가 저물 무렵 우리는 강 한복판에 있는 섬에 뗏목을 매어두었어요. 강변 양쪽에 작은 마을이 있는 걸 보고 브리지워터 공작이 한탕 벌여보기로 작정한 거지요.

짐은 제발 두어 시간 정도면 끝낼 수 있는 일을 해달라고 공작에게 부탁했어요. 하루 종일 밧줄에 묶인 채 뗏목 위 오두막 안에서 뒹굴고 있는 게 여간 힘든 일이 아니었던 거예요. 우리들은 짐을 혼자 뗏목에 놔두고 떠날 때면 그를 묶어둘 수밖에 없었어요. 짐이 결박을 당하지 않은 채 혼자 돌아다니는 것을 보면 누구나 도망친 검둥이라고 생각할 게 뻔했으니까요. 짐의 말을 듣고 공작은 하루 종일 묶여 있는 게 힘들 테니 좋은 방법을 생각해보자고 했어요.

공작은 정말 머리가 기똥차게 돌아가는 사람이었어요. 금세 방법을 생각해낸 거예요. 공작은 짐을 미친 리어왕으로 만들었어요. 커튼용 천으로 만든 긴 옷을 입히고 하얀 말 털 가발을 씌운 다음 구레나룻 수염을 달아줬어요. 그뿐 아니었어요. 페인트로 짐의 온몸을 온통 칙칙한 푸른색으로 칠해놓았어요. 마치 아흐레 동안 물에 빠져 있던 시체처럼 만들어놓은 거예요. 정말 무시무시한 모습이었어요. 그런 뒤 공작은 판자에 다음과 같은 글을 적어서 오두막 앞에 세워놓았어요.

아라비아인 환자 – 하지만 정신이 나가 있지 않았을 때 는 위험하지 않음

짐은 정말 좋아했어요. 매일 몇 시간씩 묶여 있는 것보다는 이 편이 훨씬 나았으니까요. 공작은 만약 누가 오면 오두막에서 튀어나와 몇 번 짐승처럼 울부짖으라고 했어요. 아주 좋은 생각이었지요. 하지만 보통 사람이라면 짐이 울부짖을 때까지 기다리지도 않을 거예요. 짐은 송장 징도기 아니라 그보다 훨씬 더 끔찍한 모습이었으니까요.

공작은 이곳에서도 〈기린 공연〉을 하면 어떨까 하고 왕에게 말했어요. 하지만 왕이 위험할 수도 있다며 반대했어요. 그리고 미리 계획을 세울 것 없이 우선 마을로 들어가서 신의 섭리—실은 악마의 유혹이겠지요—에 맡기자고 했어요.

아, 참 제가 빼놓은 이야기가 하나 있네요. 우리들은 모두 새 옷을 입고 있었어요. 공연으로 돈을 갈취한 마을에서 산 옷이었어요. 왕이 나도 새 옷을 입으라고 해서 나도 새 옷을 입고 있었지요. 옷이 날개라고 하더니 모두들 점잖은 신사로 보였어요. 특히 검은 옷을 입은 왕은 어찌나 점잖고 선량해 보이던지 도무지 '기린' 역을 했던 영감으로는 보이지 않았어요.

다음 날 아침 일어나 보니 상류 강변 도크에 증기선 한 척이 정박해 있는 게 보였어요. 한두 시간 전부터 짐을 싣고 있었지요. 왕이 내게 말했어요.

"이렇게 점잖게 차려입었으니 나는 세인트루이스나 신시내티, 혹은 다른 도시에서 온 사람 행세를 해야겠다. 헉, 카누를 저 증기선에 갖다 대라. 저걸 타고 마을로 들어가기로 하자."

증기선 구경을 할 수 있다니! 나는 신이 나서 두말 않고 시키는 대로 열심히 카누를 저었어요. 나는 카누를 마을에서 1킬로미터 정도 떨어진 강변으로 몰고 간 다음, 깎아지른 듯한 절벽을 따라 물살이 느린 곳을 택해 열심히 노를 저었어요. 얼마 가지 않아 우리는 너무나 순진해 보이는 청년 한 명이 물가에 앉아 있는 것을 발견했어요. 청년은 얼굴에 흐르는 땀을 닦으며 우리를 바라보았어요. 그의 옆에는 커다란 여행 가방이 두 개 놓여 있었어요.

"헉, 저기 카누를 갖다 대라."

나는 시키는 대로 했지요.

"이봐요, 젊은이! 어디로 가는 길인가?"

왕이 젊은이에게 물었어요.

"저기 저 증기선을 타려고요. 뉴올리언스로 가는 길이에요."

"내가 데려다줄 테니 이 카누에 올라타게. 아, 잠깐 기다려. 내 하인이 짐 옮기는 걸 도와줄 거야. 이봐, 아돌퍼스, 어서 가서 저 신사를 도와드려라."

나는 졸지에 왕의 하인 아돌퍼스가 되었어요.

곧이어 우리 셋은 카누를 타고 증기선을 향해 출발했어요. 젊은이는 연방 고맙다고 하면서 이렇게 더운 날 가방 두 개를 들고 가는 건 여간 고역이 아니라고 말했어요. 그는 왕에게 어디로 가는 길이냐고 물었어요. 왕은 오늘 아침 강을 따라 내려와 다른 마을에 상륙했고, 이제는 상류 쪽 마을에 살고 있는 옛 친구를 만나러 가는 길이라고 했어요. 그러자 젊은이가 말했어요.

"어르신을 처음 뵈었을 때 저는 '아, 윌크스 영감인가 보다. 제시간에 도착했으면 좋았을 것을'이라고 생각했어요. 하지만 금세 생각을 바꿨어요. '아냐, 윌크스 영감이 아니야. 그 양반이라면 강을 따라 내려오지 않고 거슬러 올라왔을 거야'라고요. 어르신은 윌크스 영감이 아니지요?"

"맞아, 나는 윌크스가 아니야. 내 이름은 브로젯, 알렉산더 브로젯이야. 하느님을 섬기는 하느님의 종이지. 그건 그렇고 윌크스 영감이 왜 제시간에 도착하지 못해 안됐다는 건가? 뭐 손해라도 보았다는 건가? 그렇지 않기를 바라지만……."

"아니, 뭐 별로 손해 볼 건 없어요. 어차피 영감 손에 유산이 들어갈 텐데……. 다만 동생 임종을 지켜보지 못한 게 좀……."

유산이라는 말에 왕의 귀가 번쩍 뜨였어요. 왕이 한두 마디 대꾸를 해주자 청년은 묻지 않은 이야기까지 자세히 해주었어요. 왕은 죽은 피터 윌크스 영감은 네 형제였다는 것, 그중 형 한 명과 동생 한 명은 영국에 살고 있어 영감이 미국으로 이주해온 이후로는 만나지 못했다는 것, 그 형 이름이 하비 윌크스이며 동생 윌리엄은 서른 살 중반의 젊은이로서 귀머거리에 벙어리라는 사실을 알아냈어요. 또한 미국으로 함께 건너온 동생 조지와 조지의 부인은 둘 다 작년에 세상을 떴고 결국 남은 가족은 하비와 윌리엄 둘뿐이라는 것도 알아냈지요.

"그래, 영국에 있는 형제들에게는 소식을 전했는가?"

"물론이지요. 한 달 전부터 피터 영감이 앓아눕자마자 소식을 전했지요. 피터 영감이 형님과 동생을 무척 보고 싶어 했거든요. 동생 조지의 딸들이 셋 있었지만 맏이인 메리 제인 말고는 너무 어려서 말 상대가 되지 못했거든요. 피터 영감은 유언장을 쓰지 않았어요. 대신 하비 영감 앞으로 편지를 한 통 남겼어요. 돈을 어디 숨겨 두었는지 알려주는 내용과, 조카들이 고생하지 않도록 적당히 나눠주라는 내용이 적혀 있다고 해요. 그 영감은 현금을 한 푼도 남겨놓지 않고 죽었거든요. 그 편지도 곁에 있는 사람들이 졸라서 가까스로 쓰게 만든 거랍니다."

이어서 왕은 청년의 입을 통해 하비 영감이 영국 셰필드에서 목사 노릇을 하고 있다는 사실도 알아냈고, 피터 영감의 조카들의 이름과 나이도 알아냈어요. 맏이인 메리 제인이 열아홉, 동생 수전이 열다섯, 막내 조앤이 열네 살이었고 특히 막내는 언청이라고 했어요. 게다가 피터 영감이 평소에 친하게 지내던 사람들, 심지어 그 마을에 살고 있는 모든 사람들의 정보까지 다 알아내고야 말았어요. 피터 영감이 무두질장이었고 조지가 목수였다는 사실도 당연히 알아냈지요. 알아낼 것을 다 알아낸 다음 왕이 청년에게 물었어요.

"그런데 자네는 왜 저 증기선까지 가서 배를 타려는 건가?"

"뉴올리언스행 큰 배라서 우리들이 사는 작은 마을에는 서지 않거든요."

"그런데 피터 윌크스 영감은 살림이 넉넉했나?"

"그럼요. 집도 여러 채였고, 땅도 넉넉해요. 게다가 현금으로 어디다 삼사천 달러를 감춰두고 있었대요."

"언제 죽었지?"

"어제 저녁에요."

"그럼 장례식이 내일 거행되겠군."

"네, 한낮에 거행될 거예요."

우리는 청년을 증기선에 데려다주었고 증기선은 곧 출발했어요. 그러자 왕은 호젓한 곳에 카누를 대게 한 다음 뭍으로 내리더니 내게 말했어요.

"빨리 가서 공작을 데려오거라. 새 여행 가방 갖고 오는 걸 잊지 말고. 몸치장 단단히 하고 오라고 일러. 자, 어서 가봐."

나는 왕이 무슨 짓을 꾸미고 있는지 금세 알아차렸어요. 하지만 한 마디 말도 하지 않고 그가 시키는 대로 했어요. 공작을 데려온 뒤 나는 카누를 감추었어요. 왕은 공작에게 방금 들은 말을 한 마디도 빼놓지 않고 들려주었어요. 그런데 그 말을 하면서 동시에 영국 사람 말투를 열심히 흉내 냈어요. 어찌나 흉내를 잘 내는지, 나 같은 애는 도무지 엄두를 낼 수 없을 정도였어요. 이어서 왕이 공작에게 말했어요.

"빌지워터, 자네는 벙어리와 귀머거리 행세를 할 수 있나?"

공작은 식은 죽 먹기라고 했어요. 무대 위에서 그런 연기를 해보았다는 겁니다. 그러고는 왕에게 수화 방법을 가르쳐주기도 했어요. 정말 완벽한 재주꾼들이에요.

오후가 되었을 무렵 커다란 증기선이 오는 게 보였어요. 그들은 큰 소리로 배를 불렀어요. 그러자 증기선에서 보트를 내주었고 우리는 증기선에 올랐어요. 신시내티에서 온 배로서 멀리까지 항해하는 배였어요. 그런데 우리들이 불과 몇 킬로미터 밖에 떨어지지 않은 마을로 간다는 말을 듣고 선원들은 마구 화를 내며 욕을 해댔어요. 그 마을에 상륙시켜주지 않겠다는 거였어요. 그러자 왕이 침착하게 말했지요.

"1인당 킬로미터당 1달러씩 준다면 데려다주지 못할 섯노 없을 텐데."

그 말에 선원들은 금세 얼굴이 환해졌어요. 그리고 마을 근처에 오자 보트로 우리를 마을까지 실어다주었어요. 보트가 가까이 오는 것을 보고 사람들이 모여들었어요. 보트에서 내리면서 왕이 말했어요.

"여러분들 중 피터 윌킨스 씨가 살고 있는 곳을 가르쳐주실 분 안 계십니까?"

그러자 사람들이 서로 얼굴을 쳐다보며 고개를 끄덕이더니 그 중 한 사람이 상냥하게 말했어요.

"안됐지만 그 양반이 어제까지 살던 곳만 가르쳐드릴 수 있을 뿐입니다."

그러자 왕은 그 자리에서 그대로 휘청거리더니 그 사람의 어깨에 턱을 고인 채 말했어요.

"아이고! 아이고! 우리 불쌍한 동생! 그토록 보고 싶었는데……, 이렇게 만나지도 못 하고 가다니! 오, 이런 가혹한 일이!"

왕은 통곡을 하면서 공작에게 손가락으로 뭔가 손짓을 했어요. 도무지 무슨 뜻인지 알 수 없는 손짓이었지요. 그러자 공작도 들고 있던 가방을 떨어뜨리더니 헉헉 울음을 터뜨렸어요. 곧이어 사람들이 그들 주변으로 모여들어 동정을 표하고 위로의 말을 건네면서 그들이 들고 온 여행 가방을 언덕 위까지 들어다주었어요. 가는 도중 그들은 왕에게 임종 때 이야기를 낱낱이 해주었고 왕은 손짓으로 그 이야기를 공작에게 전해주었어요. 둘은 마치 열두 사도를 한꺼번에 잃은 양 슬퍼했어요. 그보다 더 감동적인 장면을 본 적이 있다면 나는 성을 갈아버리겠어요. 정말로 천하에 부끄러운 짓이었지요.

제16장 확실한 투자

2분도 채 되지 않아 이 소식이 온 마을에 퍼졌어요. 사방에서 사람들이 모여들었지요. 그중에는 옷을 걸치면서 뛰어오는 사람들도 있었어요. 순식간에 우리들은 사람들에게 둘러싸였고, 몰려오는 사람들의 발소리는 마치 군인들이 행진하는 것 같았어요. 창문마다 사람들 얼굴이 보였고 울타리 위로 고개를 내밀고 "정말, 그 사람들이야?"라고 묻는 사람들도 있었어요. 그러자 달려가던 사람이 "그렇다니까!"라고 대답했어요.

우리가 그 집에 도착했을 때 집 앞은 인산인해를 이루고 있었고 문 앞에 세 처녀가 서 있었어요. 메리 제인은 빨간 머리였지만 정말 예뻤고 두 눈도 영광스럽게 반짝이고 있었어요. 왕이 두 팔을 벌리자 메리 제인이 그 품속으로 뛰어들었고 언청이는 공작에게 뛰어들어 서로 꼭 껴안고 키스를 해댔어요. 사람들은 그 모습을 보고 눈시울을 붉혔으며 여자들은 눈물을 흘렸어요.

이윽고 두 사람은 관이 놓인 곳으로 걸어가더니 몸을 굽혀 들여다보며 뉴올리언스까지 들릴 만큼 큰소리로 통곡을 했어요. 이어서 둘이 서로 부둥켜안고 3분이나 4분 동안 울어댔는데, 나는 사내 둘이 그렇게 눈물을 줄줄 흘리는 모습은 생전 처음 봤어요. 모든 사람들이 감동했고 방 안이 온통 눈물바다가 되었어요.

마침내 왕이 몸을 일으키더니 약간 앞으로 나와 여전히 흐느끼면서 일장 연설을 했어요. 정말 말도 안 되는 헛소리였지만 그런 걸 알고 있는 사람은 나뿐이었어요. 이렇게 피붙이를 잃는다는 게 살아 있는 자기들 두 형제에게는 얼마나 쓰디쓴 시련인지, 더욱이 6,000킬로미터나 되는 먼 길을 달려왔는데 고인의 살아 있는 모습을 보지 못한 게 얼마나 크나큰 고통인지 정말 감동적으로 늘어놓았어요. 이어서 왕은 그 쓰디쓴 시련도 여러분들의 뜨거운 동정과 신성한 눈물 덕분에 거룩한 기쁨이 되었다고, 정말 감사를 드린다고 말했어요. 그리고 말이란 본래 나약하고 차갑기 때문에 입으로는 이루 다 감사를 드릴 수 없고 온 마음을 다해 감사드린다고 허튼 소리를 늘어놓는 바람에 나는 구역질이 날 정도였어요. 왕은 자못 경건하게 "아~멘"하고 외치고 난 다음 다시 울음을 터뜨렸어요.

왕의 연설이 끝나자 누군가가 「영광의 송가」를 부르기 시작했고 모두들 목소리를 높여 합창을 했어요. 나도 따라 했지요. 그런데 이상하게 가슴이 후련해지는 게 아니겠어요. 왕의 저런 엉터리 수작을 들은 뒤인데도 음악을 듣고 이렇게 마음이 즐거워질 수 있다니 음악의 힘이 그렇게 큰 줄은 정말 몰랐어요.

이어서 왕은 또 엉터리 수작을 늘어놓기 시작했어요. 이 가족과 절친한 친구분들이 오늘 이 집에서 고인과 함께 밤을 지새주기를 간청한다며 고인이 누구누구를 청할 것인지 자기가 다 알고 있다고 했어요. 그러고는 동생과의 서신 왕래를 통해 알게 되었다며 사람들 이름을 죽 늘어놓기 시작하는 거예요. 그가 열 명 가까이 이름을 늘어놓았지만 그중 세 사람은 그 자리에 없었어요. 홉스 목사와 로빈슨 의사는 저 마을 끝자락으로 사냥을 나갔고요―오해는 마세요. 의사가 환자를 저 세상으로 떠나보냈고 목사가 그를 바른 길로 인도하고 있다는 뜻이에요―벨 변호사는 볼 일이 있어 루이빌에 출장 중이었거든요. 그뿐 아니었어요. 왕은 순진한 청년에게서 들은 마을 사람들이야기를 일일이 사람들에게 해주며 모두 피터의 편지를 통해 알게 되었다고 말했어요. 심지어 마을 개 이름까지도 척척 말했지요. 공작은 손짓을 해가며 벙어리 흉내를 기가 막히게 해냈고요.

이윽고 메리 제인이 숙부가 남겨놓은 편지를 가지고 왔어요. 왕은 그 편지를 소리 내어 읽고 나서 또다시 엉엉 울었어요.

편지에는 집과 금화 3,000달러는 조카딸들에게 남겨줄 것, 가죽 공장(장사가 정말 잘 되었어요)과 집 몇 채와 토지(모두 합해서 7,000달러나 나갔지요) 및 금화 3,000달러를 형 하비와 동생 윌리엄에게 물려줄 것이라고 적혀 있었어요. 그리고 현금 6,000달러를 지하실 어딘가에 감춰두었다고 쓰여 있었어요. 두 사기꾼은 사람들에게 그 돈을 지금 가져올 테니 모든 것을 공명정대하게 처리하자고 말한 뒤에 지하실로 내려갔어요. 물론 나도 따라갔지요.

돈 자루를 찾은 두 사기꾼은 그 안에 들어 있는 금화를 바닥에 쏟아놓았어요. 온통 샛노란 금화들이 반짝반짝 빛나는 모습은 정말로 장관이었어요. 왕의 두 눈이 금화 못지않게 반짝인 것은 물론이고요. 왕은 공작의 어깨를 탁 치며 말했어요.

"어때, 정말 굉장하지. 정말 엄청 나! 그 〈걸작〉 같은 건 아무

것도 아니야. 그렇지 않은가!"

공작도 맞장구를 쳤어요. 그러자 왕이 다시 말했어요.

"이게 다 신의 섭리로 우리에게 온 거라고! 결국은 그게 최고야! 내가 온갖 노력 다해봤지만 결국은 신의 섭리대로 되더라니까!"

두 작자는 역시 보통 사람과는 달랐어요. 그 와중에도 그 금화를 세어본 거예요. 세어보니 415달러가 부족했어요. 왕이 투덜거렸지요.

"제길 그 영감탱이가 415달러를 어떻게 한 거지?"

둘은 주변을 열심히 찾아보았지만 415달러는 나오지 않았어요. 그러자 공작이 말했어요.

"중환자였으니 계산을 잘못했을 수도 있겠죠. 그냥 모른 체합시다. 그 정도야 없어도 그만이니까."

"맞아, 그건 별 게 아니야. 하지만 계산은 중요해. 우리가 공명정대하다는 걸 보여줘야 한다니까. 사람들 앞에서 돈을 세야 한다고. 그래야 아무도 의심을 안 할 거란 말이야. 그런데 그 죽은 영감태기가 6,000달러라고 했으니······, 공연히 우리가······."

그러자 잔머리 굴리기 선수인 공작이 말했어요.

"잠깐! 좋은 방법이 있어요. 우리 돈으로 나머지 액수를 채워 넣지요."

"야, 그거 참 기가 막힌 생각이네! 자넨 정말 머리가 잘 돌아간단 말씀이야."

이어서 둘은 주머니에서 금화를 꺼내더니 정확하게 6,000달러를 맞춰놓았어요. 두 사람의 호주머니는 거의 텅 비게 된 거지요.

그때 공작이 다시 무슨 생각이 떠오른 듯 말했어요.

"잠깐, 한 가지 생각이 더 떠올랐어요. 올라가서 이 돈들을 센 다음, 이 돈을 처녀들에게 주도록 해요."

"맞아! 정말 기막힌 생각이야! 자네를 껴안아주고 싶어. 그걸로 우리들에 대한 의심은 말끔히 가실 거란 말이야. 그래도 의심할 놈은 어디 해보라지!"

우리들이 위로 올라갔을 때 모두들 탁자 주변에 모여 있었어요. 왕은 돈을 세어 300달러씩 스무 무더기를 쌓아 올렸어요. 모두들 그것을 쳐다보며 군침을 흘리고 입맛을 다셨어요. 왕은 금화를 다시 자루에 담은 뒤 노나시 일장 연설을 했어요. 요컨대 조카딸들을 향한 고인의 한없는 애정을 기리는 뜻에서 이 모든 돈을 조카딸에게 주겠다는 것이었어요. 메리와 수전과 언청이는 왕과 공작에게 달려들어 열렬하게 키스를 했어요. 내가 이제까지 본 적이 없는 열렬한 키스였어요.

모두들 감동한 표정으로 고인이 살아생전에 얼마나 훌륭한 분이었는지 이야기 꽃을 피웠어요. 그때였어요. 무쇠 같은 턱을 한 큰 몸집의 사내 한 명이 사람들 사이를 헤치며 안으로 들어왔어요. 하지만 아무도 그 사람을 주목하지 않았어요. 모두들 왕의 연설에 귀를 기울이고 있던 때문이었어요.

왕은 그곳에 모여 있는 사람들을 다음 날 열릴 장례식에 초대한다는 연설을 하고 있는 중이었어요. '장례식'을 자꾸 '장례축제'라고 하는 바람에 공작이 안절부절못한 것만 빼놓는다면 멋진 연설이었어요.

그런데 왕의 연설이 끝나자마자 나중에 들어온 무쇠 턱의 사나이가 왕을 빤히 쳐다보며 웃어대는 게 아니겠어요. 모두들 깜짝 놀라다 못해 충격을 받았어요. 모두들 "아니, 로빈슨 의사 선생님! 어쩌자고!"라고 외쳤어요. 이어서 의사와 친한 친구 한 명이 말했어요.

"로빈슨! 자네 소식 못 들었나? 하비 윌크스 씨라네."

왕은 열심히 미소를 지으며 두 손을 내밀고 말했어요.

"선생이 바로 내 불쌍한 동생의 친구인, 로빈슨 박사……."

"손 저리 치우지 못해!" 의사가 일갈했어요. "당신 영국 사람 말투를 흉내 내고 있군. 하지만 그렇게 서툰 솜씨는 처음 보겠어. 당신이 피터 윌크스의 형? 당신은 사기꾼이야! 그게 바로 당신의 본 모습이야!"

의사의 그 말에 일대 소란이 일어났어요. 모두들 의사 주변으로 몰려들어 그를 달래느라 정신이 없었던 거예요. 그래도 의사는 굽히지 않고 메리 제인에게 어서 이 악당들을 쫓아내라고 고함을 질렀어요.

그러자 메리 제인이 몸을 꼿꼿이 세우고 말했어요. 정말 천사처럼 아름다운 모습이었어요.

"의사 선생님, 이게 제 대답이에요." 이어서 메리 제인은 금화가 들어 있는 주머니를 들더니 왕의 두 손에 꼭 쥐어주었어요. "이 6,000달러를 받으시고 나와 동생들을 위해 좋은 곳에 투자해주세요. 영수증 따위는 필요 없어요."

그녀는 왕의 한쪽 몸을 껴안았고 수전과 언청이는 다른 쪽을 껴안았어요. 모든 사람들이 박수갈채를 치며 마룻바닥을 발로 굴러댔어요. 왕은 머리를 꼿꼿이 세운 채 자못 의기양양한 표정으로 서 있었지요. 그러자 의사가 말했어요.

"좋아. 나는 이 일에서 손을 떼겠어. 하지만 여러분 모두에게 경고하죠. 오늘 이 일을 생각할 때마다 속이 더부룩한 날이 오리라고!"

그 말과 함께 의사는 밖으로 나갔어요.

"좋아요, 의사 양반." 그의 등 뒤에 대고 왕이 비웃는 투로 말했어요. "그때, 속병을 앓게 되면 선생을 부르리다."

모두들 웃음을 터뜨렸어요. 정말 멋진 유머였다고 생각한 거지요.

제17장 사라진 6,000달러

손님들이 모두 가고 난 뒤에 왕은 메리 제인에게 침실 사정이 어떠냐고 물었어요. 메리 제인은 하나뿐인 손님용 침실은 윌리엄 숙부에게 내주고 자신의 방은 하비 숙부에게 양보했어요. 자기는 동생들 방에서 자겠다고 한 것이지요. 나는 사다리로 드나들어야 하는 다락방을 배정받았어요. 왕의 하인이었으니 신분에 맞는 대접을 받은 거지요. 하지만 비록 좁긴 했어도 훌륭한 방이었어요.

그날 밤 초대한 손님들과 함께 성대한 저녁 식사가 베풀어졌어요. 모두들 음식 솜씨를 칭찬했어요. 하지만 나는 두통 음식 맛이 없었어요. 저 사기꾼들에게 감쪽같이 속아 넘어간 세 자매가 너무 불쌍했던 거예요. 그녀들의 돈을 그 사기꾼들이 훔치려 하는데 모른 척하고 있다는 게 미안했어요. 게다가 세 자매가 내게 너무 다정하게 대해주는 바람에 더욱더 그런 생각이 들었는지도 모를 일이었어요. 어쨌든 나는 무슨 수를 써서라도 세 자매를 위해 그 6,000달러를 감춰야겠다고 생각했어요.

식사 후 방으로 돌아온 나는 이리저리 궁리해보았어요.

의사에게 가서 모든 것을 고해바칠까? 아냐, 그렇게 하면 안 돼. 의사는 내가 일러바쳤다고 남들에게 이야기할 것이고 왕과 공작이 그 사실을 알게 되면 나를 가만 두지 않을 거야. 그렇다면 메리 제인에게 모든 걸 말해줄까? 아냐, 그것도 안 돼. 메리 제인은 표정을 감출 줄 모르니까, 놈들이 금세 알아채고 돈을 갖고 도망갈 거야. 메리 제인에게 도움을 청했다가는 제대로 마무리 짓기 전에 일을 다 망치고 말 거야.

그렇다면 딱 한 가지 방법밖에 없어. 무슨 수를 쓰던 그 돈을 훔쳐내는 거야. 돈을 적당한 곳에 숨겨두었다가 나중에 멀리 강 하류까지 갔을 때 메리 제인에게 편지로 감춰둔 곳을 알려주는 거야. 놈들은 봉 잡힌 이 집과 이 마을에서 실컷 우려먹은 다음에야 이 마을을 떠날 테니 시간은 충분히 있어. 하지만 가능하면 오늘 밤 거행하기로 하자. 의사가 말은 그렇게 했어도 손을 뗄 생각이 없는지도 몰라. 당장 내일 두 놈을 위협해서 쫓아낼지도 몰라. 놈들은 너무 눈치가 빠르고 약아서 그 전에 돈을 미리 빼돌릴걸.

나는 당장에 그들의 방을 뒤져보기로 했어요. 나는 왕이 돈을 제 몸 가까이 둘 것이라고 생각하고 왕의 방으로 갔어요. 왕과 공작은 아직 식당에서 세 자매와 이야기를 나누고 있었으니까요. 방이 어두웠지만 촛불을 켤 수도 없어 어쩌나 하고 있는데 발소리가 들렸어요. 나는 재빨리 커튼 뒤에 몸을 숨겼어요.

왕과 공작이 방으로 들어오자마자 왕이 말했어요.

"아니, 왜 올라오자고 한 거야. 자, 빨리 말해보라고. 저들 사이에서 곡을 하고 있는 게 낫다니까. 우리들에 대해 이런 저런 이야기할 시간을 줄 필요가 없어."

"영감, 난 불안해요. 의사 놈이 마음에 걸린다니까. 영감 계획이 뭔지 빨리 듣고 싶단 말이오. 내게도 좋은 생각이 있긴 하지만."

"공작, 무슨 생각인데?"

"뭐 대단한 건 아니고. 우리 손에 넣은 것만 갖고 새벽에 내빼자 이겁니다. 그것만 해도 횡재한 건데……."

한두 시간 전만 해도 그런 제안에는 나도 솔깃했을 거예요. 하지만 지금은 사정이 달라졌지요. 나는 그의 말에 무척 실망했어요.

"뭐야? 나머지 재산을 처분도 하지 않고 가버린다고? 이런 멍청이! 만 달러가 넘는 재산을 그냥 내팽개치고 뺑소니를 친다고!"

공작은 이 금화만으로 충분하니 더 이상 말려들고 싶지 않다고 투덜댔어요. 게다가 고아들로부터 전 재산을 빼앗는 짓은 하고 싶지 않다는 말까지 했어요. 진심인지 아닌지는 알 수 없었지만 말이에요. 그러자 왕이 말했어요.

"이봐, 그런 소리 하지 마. 우리가 그 계집애들에게서 빼앗는 건 이 돈뿐이야. 손해 보는 놈들은 물건을 산 놈들이라니까. 생각해 봐. 우리가 삼십육계를 놓고 난 다음에 그 거래는 모두 무효가 될 거라 이 말이야. 모두 원래 주인에게 되돌아갈 거라고. 저 애들은 건강하니까 집만 있어도 충분히 살 수 있을 거야. 생각해보라고. 쟤들보다 딱한 처지에 있는 애들이 좀 많아?"

결국 왕의 설득에 공작이 넘어 갔어요. 그러자 왕이 말했어요.

"자, 어서 내려가서 쟤들과 어울리는 연극을 하자고. 연극은 언제나 재미있잖아."

"잠깐. 암만해도 돈을 제대로 숨겨야 하겠어요. 그냥 이대로 놔두면 내일 검둥이가 방 청소를 하러 왔다가 슬쩍 하지 않겠어요?"

나는 귀가 번쩍 뜨였어요. 안 그래도 돈을 어떻게 찾을 수 있을까 막막하던 참이었거든요. 왕은 "이제야 자네가 제정신이 들었군"이라고 말하며 내게서 1미터도 채 떨어지지 않은 커튼 아래로 손을 넣었어요. 나는 벽에 몸을 바싹 붙인 채 숨을 죽였어요. 그들은 깃털 침대 밑에 있는 밀짚 이불 틈에 돈 자루를 밀어 넣었어요. 이제 만사 오케이라는 듯 흡족한 표정이었지요. 검둥이가 방 청소를 하더라도 깃털 이불만 정리하고 밀짚 이불은 일 년에 한두 번밖에 뒤집지 않으니 돈을 잃어버릴 염려가 없었던 거예요.

나는 그들이 계단을 절반도 채 내려가지 않았을 때 커튼 뒤에서 나와서 돈주머니를 꺼냈어요. 그러고는 내 방으로 그 돈을 가져왔어요. 나는 그 돈을 집 밖 어디엔가 숨기는 게 좋겠다고 생각했어요. 놈들이 돈이 없어진 것을 알면 온 집 안을 다 뒤질 테니까요. 나는 밤새 잠을 이루지 못하다가 아직 사람들이 깨어나기 전에 사다리를 타고 다락방에서 빠져 나왔어요.

아래층으로 내려오니 사방이 쥐죽은 듯 조용했어요. 식당 문 틈으로 안을 들여다보니 시체를 지키고 있던 사람들이 잠에 곯아떨어져 있었어요. 식당은 시체를 안치해 둔 거실로 통하게 되어 있었어요. 나는 식당을 살금살금 기어 거실로 들어갔어요. 그곳에는 피터의 시신 외에는 아무도 없었어요. 나는 거실을 지나 현관문을 열려 했어요. 그런데 문이 잠겨 있었고 열쇠는 눈에 띄지 않았어요. 그때 누군가가 계단을 내려오는 발소리가 들렸어요. 나는 황급히 거실로 뛰어 들어갔어요. 주위를 둘러보았지만 돈 자루를 감출 데라곤 보이지 않았어요. 그때 관 뚜껑이 약간 열려 있는 게 보였어요. 수의를 걸친 고인의 얼굴이 보인 거지요. 나는 돈 자루를 뚜껑 바로 아래에 밀어 넣었어요. 시신의 두 손이 포개져 있는 바로 그곳에 넣은 거예요. 시체의 손이 얼음장처럼 차가워서 소름이 쫙 끼쳤어요. 나는 재빨리 거실에서 빠져나와 문 뒤에 숨었어요.

아래층으로 내려온 사람은 바로 메리 제인이었어요. 그녀는 조용히 관 앞으로 가더니 무릎을 꿇고 안을 들여다보았어요. 그러더니 훌쩍훌쩍 울었어요. 나는 조용히 식당을 빠져나왔어요. 다행히 시체를 지키는 사람들은 아직 세상모르고 잠들어 있었어요. 나는 자못 무거운 마음으로 다락방 침대 안으로 들어갔어요. 온갖 위험을 무릅쓰고 모처럼 좋은 일을 했는데 결과가 요 모양이 되었으니 말이에요. 나는 금화가 제발 내가 숨긴 그대로 있기를 간절히 바랐어요. 그렇게만 된다면 강을 따라 200~300킬로미터 정도 내려간 다음에 메리 제인에게 편지를 써서 알릴 수 있고, 메리 제인은 무덤을 다시 파서 돈을 찾을 수 있을 테니 말이에요. 하지만 그럴 확률은 너무나 낮은 것 같았어요. 장례식 도중에, 혹은 관을 땅에 묻다가 누구든 발견할 것이고 그렇게 되면 돈은 다시 왕의 손으로 돌아가게 될 것 아니겠어요.

그날 날이 밝고 장례식이 진행되는 동안 나는 가슴이 조마조마해서 견딜 수가 없었어요. 특히 장의사가 관 근처로 다가가 관을 닫고 나사로 꽉 조였을 때는 마치 내 가슴이 조여드는 것 같았어요. 왜냐고요? 돈이 그 안에 제대로 있는지 아닌지 알 길이 없던 때문이에요. 하인들이나 관을 지키던 사람들이 돈을 슬쩍했는지 알게 뭐예요? 메리 제인에게 편지를 써야 할지 말아야 할지 난감해진 거지요.

'만일 편지를 썼다가 그 안에 돈이 없다면? 나는 감방 신세를 지게 될지도 몰라. 그렇다면 차라리 편지를 쓰지 않는 게 낫잖아. 하지만 만일 그 안에 돈이 그대로 있다면?'

정말이지, 머리가 빠개질 정도로 복잡하게 얽힌 사건이었어요.

시체를 매장하고 돌아와서 나는 왕의 눈치를 살폈어요. 하지만 아무런 낌새도 눈치챌 수 없었어요. 왕은 여전히 사람들에게 알랑거리며 친절을 베푸느라 정신이 없었어요. 그러면서 사람들에게 영국의 신도들이 자신이 돌아오기를 학수고대하고 있을 테니 빨리 재산을 처분하고 돌아가야겠다고 말했어요. 물론 조카딸들을 함께 데리고 가겠다고 말했고 사람들은 그 말을 듣고 모두 기뻐했지요. 처녀들도 친척들과 함께 살 수 있게 되었다며 좋아했어요. 처녀들은 한시라도 빨리 영국으로 가고 싶다며 왕에게 어서 재산을 처분하라고 오히려 졸랐어요. 나는 그 처녀들이 그렇게 바보 취급당하는 걸 보면서 가슴이 아팠지만 어쩔 도리가 없었어요.

장례식이 끝나기가 무섭게 왕은 모든 재산과 집과 검둥이 노예들을 경매에 붙인다고 광고를 냈어요. 그리고 그다음 날 왕은 '3일 뒤 지불 어음'을 받고 검둥이들을 팔아 넘겼어요. 노예들 중 아들 둘은 멤피스로, 그 어미는 뉴올리언스로 팔려 간 거지요. 처녀들은 검둥이 가족이 이렇게 뿔뿔이 흩어지는 모습을 보고 펑펑 울었어요. 어찌나 서럽게 울어대는지 저러다 가슴이라도 터지면 어쩌나 걱정이 될 정도였어요. 이제까지 왕에게 한없이 친절하던 마을 사람들 중에서 직접 왕에게 항의하는 사람도 있었어요. 하지만 왕은 꿈쩍도 하지 않았어요.

다음 날은 경매일이었어요. 날이 완전히 밝았을 무렵 왕과 공작이 내 다락방으로 올라와서 나를 깨웠어요. 그들의 얼굴

표정이 심상치 않았어요. 왕이 내게 물었어요.

"너, 지난밤에 내 방에 오지 않았었냐?"

"아뇨, 폐하!" 나는 남들이 없을 때는 그를 늘 그런 식으로 불렀어요.

"거짓말하는 거 아니지?"

"맹세할 수 있습니다, 폐하. 그 방에는 얼씬한 적도 없습니다."

그러자 이번에는 공작이 물었어요.

"너 누군가 그 방에 들어가는 거 본 적이 있니?"

"아뇨, 제 기억에는 없는 것 같은데요."

"잘 생각해봐."

나는 잠시 생각에 잠겨 있는 척하다가 말했어요.

"글쎄요, 검둥이들이 몇 번 그 방에 드나드는 걸 본 것 같기도 한데……."

"뭐야? 그게 언제야?"

"장례식이 있던 날이었어요. 아침에 사다리를 타고 아래로 내려가다가 봤어요."

"그래, 놈들이 무슨 짓을 했어! 빨리 말해!"

"아무 짓도 안 하는 것 같던데요. 그냥 살금살금 나가버리던데요. 나는 폐하의 방을 청소하러 들어갔다가 폐하가 잠들어 있는 걸 보고 나오는 줄 알았어요."

"맙소사! 어쩌다 이런 일이!" 왕이 소리를 질렀어요.

그러자 공작이 킬킬거리며 말했어요.

"검둥이 놈들에게 걸려도 단단히 걸렸군! 놈들이 하도 슬피 울기에 정말 슬퍼하는 줄 알았더니 연기였단 말이야. 정말 뛰 어난 연기였어. 놈들과 손을 잡으면 정말 한몫 단단히 잡을 수 있었을 텐데. 그건 그렇고 그 어음은 어디 있어요?"

"나중에 현금으로 바꾸려고 은행에 넣어두었지. 그밖에 어디 둘 데가 있나?"

왕은 마지막으로 나를 몰아세웠어요. 검둥이들이 살금살금 자기 방에서 나가는 걸 보고도 왜 알리지 않았느냐는 거였지 요. 세상에 아무리 바보천치라도 무슨 일인가 있다는 눈치는 챌 수 있는 게 아니냐고 야단을 막 쳤지요. 두 사람은 말다툼을 하면서 방에서 나갔어요. 나는 검둥이들에게 모든 것을 다 뒤 집어씌우고도 그들에게 아무런 피해도 입히지 않게 된 게 무지 무지 기뻤어요.

제18장 형제가 네 명

다음 날이었어요. 나는 사다리를 타고 아래층으로 내려가다가 처녀들 방문이 열려 있는 걸 발견했어요. 그리고 메리 제인 혼자 가방을 옆에 두고 짐을 싸고 있는 게 보였어요. 영국으로 떠날 준비를 하고 있는 거였지요. 그런데 두 손에 얼굴을 묻고 울고 있는 게 아니겠어요. 그 모습이 너무 불쌍했어요. 나만 그런 게 아니라 누구라도 그 모습을 보았다면 그랬을 거예요.

"누나, 남들이 괴로움에 처한 걸 견딜 수 없는 거지요? 나도 그래요. 누나, 왜 우는지 말해줘요."

메리 제인은 내 생각대로 검둥이들 때문에 울고 있다고 말해 줬어요. 어머니와 애들이 헤어지는 모습을 보고 너무 슬프다면서 영국으로 가는 게 조금도 즐겁지 않다고 했어요. 메리 제인은 두 손을 들어 올리고 더 슬프게 울면서 말했어요.

"오, 어쩜 좋아! 그 사람들은 이제 더 이상 서로 만날 수 없을 거야!"

"아뇨! 그들은 만나게 될 거예요. 두 주일 내로 말이에요! 내가 다 알아요!"

이런! 나도 모르게 그런 말이 튀어나오고 만 거예요. 그러자 메리 제인은 내 목을 끌어안고는 다시 말해봐, 어서 다시 말해보란 말이야, 라고 야단이었어요.

나는 내가 너무나 갑자기, 너무나 많은 이야기를 해버렸다는 것, 정말 꼼짝없이 궁지에 몰리게 되었다는 것을 알았어요. 나는 그녀에게 잠깐만 시간을 달라고 말했어요. 그녀는 초조하고 흥분한 모습으로 앉아서 내 말을 기다리고 있었어요. 하지만 마치 앓던 이를 뽑은 것처럼 편안하고 행복해 보였어요.

나는 나름대로 곰곰 생각해보았어요. 경험이 없는 나로서는 확실하게 말할 수 없는 노릇이지만, 궁지에 몰린 나머지 갑자기 진실을 털어놓게 되면 상당한 위험이 뒤따른다고 생각했어요. 생각까지는 아니더라도 어쨌든 그렇게 보였어요. 그런데 이번 경우는 거짓말을 하는 것보다 진실을 말하는 게 더 안전한 것처럼 보이는 거예요. 나는 이 일을 마음속에 새겨두었다가 나중에 다시 곰곰 생각해보기로 했어요. 그런 건 본 적도 없는 정말 희한한 경우였거든요. 나는 마치 화약통 위에 앉아 내가 어디로 튀어나가는지 보려고 화약에 불을 붙이는 격이었지만 이번에는 위험을 무릅쓰고 진실을 말하기로 결심했어요.

나는 그녀에게 모든 것을 털어놓았어요. 맨 처음 증기선으로 가던 일부터 순진한 청년에게 모든 이야기를 듣게 된 일, 그 이야기를 듣고 왕이 꾸민 일들에 대해 다 털어놓은 거예요. 나는 흥분한 메리 제인을 진정시킨 뒤에 아침도 먹지 말고 곧바로 이 집을 떠나 어디론가 가서 숨으라고 했어요. 그러자 그녀가 물었어요.

"아니, 왜 그래야 하지?"

"누나, 내가 왜 그런다고 생각해요?"

"글쎄, 잘 모르겠는데."

"누나도 참! 누나는 낯가죽이 두꺼운 사람이 아니잖아요. 누나 얼굴보다 좋은 책은 없어요. 누구나 누나 얼굴을 보면 커다란 글씨로 된 책처럼 훤히 읽을 수 있다니까요. 놈들하고 수전 누나에게는 누나가 친구를 만나러 갔다가 오늘 밤이나 내일 아침에 돌아온다고 말할게요."

"잘 알겠어. 그런데 내일 아침에 돌아와서 어떻게 하라는 거니?"

"실은 누나, 그사이에 내가 도망치려고 그러는 거예요. 자, 연필과 종이를 주세요. 여기 '브릭스빌 왕실의 걸작'이라고 썼어요. 이 종이를 잃어버리면 안 돼요. 놈들을 고발하고 보안관이 조사를 할 때 브릭스빌로 사람을 보내라고 하세요. 그곳에 가서 〈걸작〉이라는 공연으로 사기 친 놈들을 붙잡았는데 누구 증언해줄 사람은 없느냐고 하면 돼요. 누나, 그렇게만 하면 그곳 사람들이 다 몰려올 거예요. 그러면 놈들을 잡을 수 있을 거예요. 놈들은 집과 물건들을 처분하려고 며칠 동안 떠나지 않을 테니까요."

나는 이곳에 머물러 있다가는 놈들과 함께 붙잡힐까봐 걱정이 되어 도망가기로 한 거예요. 밤에 카누를 타고 짐이 있는 곳까지 가서 함께 뗏목을 타고 도망가려 한 거지요. 나는 메리 제인에게 다른 쪽지를 하나 주면서 나중에 읽어보라고 했어요. 관 속에 돈이 들어 있다고 적은 거예요. 나는 직접 그 이야기를 해서 그녀를 놀라게 하고 싶지 않았어요. 메리 제인은 내가 준 쪽지들을 품에 넣고 집 밖으로 빠져나갔어요.

경매는 오후 늦게까지 마을 광장에서 열렸어요. 물건을 사려는 사람들이 꼬리에 꼬리를 물고 나타났지요. 드디어 경매가 끝났어요. 남은 거라고는 묘지에 딸린 손바닥만 한 자투리 땅 뿐이었는데 놈들은 그 땅까지 경매에 붙였어요. 정말 불가사리처럼 모든 걸 다 집어 삼키려는 지독한 자들이었어요.

그런데 경매가 한창 진행되고 있는 중에 증기선 한 척이 도착했던 거예요. 그리고 한 2분 정도 지났을까요? 사람들이 웃고 떠들고 고함을 치며 몰려오더니 이렇게 소리치는 게 아니겠어요!

"자, 여기 여러분의 경쟁 상대가 나타났소! 피터 윌크스 영감의 상속인이 두 쌍이라! 자, 여러분 마음대로 골라잡으시라!"

그 사람들과 함께 온 사람은 아주 점잖게 생긴 노신사와 오른쪽 팔에 붕대를 매고 있는 젊은 신사로서 역시 품위가 있어 보였어요. 그리고 맙소사, 사람들이 얼마나 크게 떠들고 웃어대던지! 하지만 나는 웃을 수 없었어요. 혼자 빠져나가려던 계획이 수포로 돌아간 거잖아요. 나는 공작과 왕이 새파랗게 질리리라고 생각했어요. 하지만 천만에요. 공작은 여전히 행복하고 태평한 표정으로 어슬렁거릴 뿐이었어요. 왕 또한 이 무슨 사기꾼들인가 하는 표정으로 기가 막힌다는 듯 새로 나타난 사람들을 바라보고 있었어요.

이어서 노신사가 입을 열었어요. 정식 영국 발음이었고 왕의 엉터리 발음과는 비교도 할 수 없었어요.

"전혀 예기치 못한 뜻밖의 일이로군요. 솔직히 이런 사태를 예견하지 못했기에 충분히 답변할 준비가 되지 못했음을 인정하겠습니다. 오는 도중에 재난을 만나 동생의 팔이 부러졌고 우리들이 갖고 온 짐도 건너 마을에 잘못 내려놓았기 때문입니다. 나는 피터 윌크스의 형인 하비이며, 이 사람은 귀머거리에 벙어리인 내 동생 윌리엄입니다. 게다가 한쪽 팔을 쓰지 못해 제대로 수화를 할 수 없습니다. 우리들의 짐이 하루나 이틀 내로 도착하면 이 모든 것이 사실임을 밝힐 수 있을 것입니다. 그때까지 아무 말 않고 호텔로 가서 기다리겠습니다."

말을 마치고 노신사 일행은 그곳을 떠났어요. 그러자 왕이 껄껄껄 웃으며 지껄여댔어요.

"팔을 부러뜨려서 수화를 못한다고? 게다가 뭐, 짐을 엉뚱한 데다 뒀다고? 거참, 이럴 때 딱 맞는 핑계로군! 거참, 기똥찬 아이디어야!"

그가 다시 웃음을 터뜨리자 주변에 있던 모든 사람들이 따라 웃었어요. 아니, 좀 더 정확히 말해야겠지요. 서너 명, 혹은 여섯 명 정도는 따라 웃지 않았어요. 그중 한 사람은 로빈슨 의사였고 다른 한 사람은 구식 여행 가방을 든 신사로서 날카로운 눈으로 왕과 공작을 바라보고 있었어요. 둘은 서로 귓속말을 주고받으며 왕을 노려보고 있었어요. 가방을 들고 있는 사람은 바로 방금 증기선에서 내린 변호사 레비 벨이었어요. 또 다른 사람은 몸집이 크고 억세게 생긴 사내로서 호텔로 간 노신사의 이야기와 왕의 이야기를 주의 깊게 듣고 있었어요. 왕의 이야기가 끝나자 이 사내가 불쑥 물었어요.

"이보시오, 당신이 하비 윌크스라면, 대체 언제 이 마을에 온 거요?"

"장례식 바로 전날 왔소이다." 왕이 말했어요.

"그날 몇 시쯤이오?"

"저녁 무렵이오. 아마 해가 지기 한두 시간 전이었을 거요."

"어떻게 왔소?"

"신시내티로부터 수전 포웰호를 타고 왔소."

"그렇다면 무슨 이유로 상류에서 카누를 타고 있었소?"

"그런 일 없었소."

"거짓말 마시오."

그러자 몇 사람이 그 사람에게 달려들며 노인이며 목사인 분에게 그런 식으로 말하지 말라고 했어요.

"목사? 무슨 말라빠진 목사! 사기꾼에 거짓말쟁이 같으니라고! 그날 아침 상류에 있었다니까! 나도 거기 있었고 내 두 눈으로 똑똑히 봤다니까! 이 자는 팀 콜린스와 어떤 꼬마 녀석이랑 카누에 타고 있었다고!"

그러더니 그 사람이 나를 가리켰어요.

"아, 그 꼬마가 저기 있군."

그러자 의사가 나서서 말했습니다.

"여러분, 나는 새로 도착한 사람들도 사기꾼인지 아닌지는 모릅니다. 하지만 내가 백치가 아닌 이상, 이 두 명이 사기꾼이라는 건 분명합니다. 이 사건 조사가 끝날 때까지 이 두 사람을 이 마을에서 떠나게 하면 안 됩니다. 하인즈(그 건장한 사내의 이름이었어요), 나를 따라 오게. 다른 분들도 따라 오시고요. 이 자들을 호텔로 데리고 가서 아까 그 사람들과 대면시킵시다. 정식 조사에 착수하기 전에 미리 뭔가 알아낼 수 있을 테니까요."

사람들은 모두 즐거워했어요. 재미있는 일이 생긴 거니까요. 모두들 신이 나서 호텔로 향했어요. 나도 의사에게 손을 잡힌 채 거의 끌려가다시피 함께 갈 수밖에 없었어요.

여관에 도착한 일행은 제일 큰 방으로 들어가서 새로 도착한 두 사람을 불렀어요. 그들이 오자 의사가 먼저 입을 열었어요.

"나는 이 자들을 사기꾼이라고 단정 짓고 싶지는 않습니다.

하지만 아무리 보아도 의심이 드는 걸 어쩔 수 없습니다. 그리고 이들에게는 공범이 있을지도 모릅니다. 만일 공범이 있다면 6,000달러의 돈을 갖고 도망쳤는지도 모릅니다. 만일 이들이 사기꾼이 아니라면 우리에게 6,000달러를 보여주고 그 돈을 우리들에게 맡겨두는 데 굳이 반대하지 않을 겁니다. 여러분, 어떻습니까?"

모두들 의사의 말에 찬성했어요. 나는 우리 일당이 정말로 궁지에 몰렸다고 생각했어요. 하지만 왕은 다소 슬픈 표정으로 침착하게 말했어요.

"여러분, 나도 돈이 있었으면 합니다. 나도 공정한 조사를 받고 싶으니까요. 하지만 불행하게도 그 돈은 없습니다."

이어서 그는 돈을 검둥이에게 도둑맞았다며 내가 그 광경을 보았다고 나를 지목했어요. 누군가 내게 검둥이가 돈을 훔치는 걸 보았느냐고 묻자 나는 직접 보지는 못했다고 우물쭈물했어요. 그때 의사가 홱 내 쪽으로 고개를 돌리더니 불쑥 내게 물었어요.

"너도 영국 사람이냐?"

나는 그렇다고 대답했어요. 그러자 사람들이 웃음을 터뜨렸어요. 이어서 사람들이 내게 이것저것 따지기 시작했어요. 나는 영국이 어떠니 셰필드가 어떠니 떠들어댄 다음, 영국에 사는 윌크스 집안사람들 이야기를 되는 대로 떠벌였어요. 그러자 의사가 킬킬 웃어댔어요. 이어서 레비 벨 변호사가 내게 말했어요.

"아무 말 말고 거기 앉아 있어라. 내가 너라면 그런 말도 안 되는 소리는 지껄이지 않을 거다. 너는 거짓말은 잘 못하는 것 같구나. 연습이 필요할 것 같아."

거짓말을 할 줄 모른다는 칭찬이야 별로 반가울 것도 없었지만 어쨌든 심문에서 풀려난 것이 기뻤어요.

변호사는 이번에는 왕을 보고 말했어요.

"어쨌든 법원에 진상을 밝혀달라는 청원서를 보내야겠소. 당신 동생 것도 함께 말이오. 그러면 법원이 시비를 밝혀줄 거요."

왕은 혀를 깨문 채 변호사가 내미는 종이에 뭐라고 끼적였어요. 이어서 공작도 펜을 잡고 무언가 썼어요. 이어서 변호사는 새로 온 노신사에게 말했어요.

"당신도 몇 자 동생분과 함께 적도록 하시오."

노신사가 글씨를 썼어요. 그런데 아무도 알아볼 수 없는 글씨였어요. 변호사가 놀란 눈으로 그 글씨를 바라보더니 말했어요.

"아니, 이거 도통 알아볼 수가 없군요."

그 말과 함께 그는 주머니에서 편지를 한 묶음 꺼내어 살펴보더니 다음에는 왕의 글씨를, 이어서 노신사의 글씨를 살펴보았어요. 글씨들을 대조한 다음에 그가 말했어요.

"내가 갖고 있는 편지는 하비 윌킨스 씨가 보낸 편지들입니다." 이어서 그는 왕과 공작을 가리키며 말했어요. "이 자들이 이 편지를 쓰지 않았다는 건 이제 명확해졌습니다."

변호사의 농간에 보기 좋게 넘어간 것을 알게 된 왕과 공작은 적잖이 당황했어요. 그런데 변호사가 이어서 말하는 것 아니겠어요.

"그런데 이 편지는 여기 있는 노신사가 쓰지 않았다는 것 또한 확실합니다. 이분이 휘갈겨 쓴 글씨는 전혀 알아볼 수 없습니다. 하지만 전에 보낸 편지들은……."

그때 노신사가 변호사의 말을 가로막고 나섰어요.

"죄송하지만 설명해드리지요. 내 글씨는 여기 있는 내 동생 말고는 아무도 알아보지 못합니다. 그래서 동생이 늘 내가 쓴 편지를 베껴주었습니다. 그 편지의 글씨는 제 동생 글씨입니다."

하지만 난처한 일이 벌어졌지요. 윌리엄이 오른팔을 부상당하는 바람에 글을 쓸 수 없었던 거예요. 일을 명쾌하게 해결하리라고 자신했던 변호사는 조금 당황한 듯 말했어요.

"문제가 해결되리라 생각했는데 그렇게 되지 않았군요. 어쨌든 한 가지는 증명된 셈입니다." 그는 왕과 공작을 가리키며 말했어요. "이 두 사람은 절대로 윌크스 집안사람이 아니라는 사실입니다."

여러분, 어떻게 생각하세요? 이쯤이면 누구나 항복하지 않겠어요? 하지만 왕은 달랐어요. 윌리엄은 평생 글씨를 쓴 적이 없다는 둥, 펜을 잡으면 장난을 치려 한다는 둥, 말도 안 되는 억지를 부렸어요. 그렇게 억지를 부리다보니 자기의 거짓말을 마치 사실인 듯 믿는 것 같았어요. 새로 온 노신사는 기가 막힌다는 표정으로 왕을 바라보더니 말했어요.

"내게 좋은 생각이 있소. 어디 내 동생 가슴에 무슨 문신이 있는지 말해줄 수 있겠소?"

만일 왕이 재빨리 마음을 가다듬고 용기를 내지 않았다면 강물에 파인 둑이 무너지듯 그 자리에 푹 쓰러졌을 거예요. 정말이지 아무 예고도 없이 불쑥 이런 질문을 받고 누군들 두 손을 들지 않겠어요? 도대체 왕이 고인의 가슴에 무슨 문신이 있는 줄 어떻게 알겠어요. 나는 드디어 왕이 항복하겠구나, 라고 생각했어요. 그런데 왕은 항복하지 않았어요. 어떻게든 질질 끌다가 사람들이 지친 틈을 타서 도망갈 궁리를 하고 있는 것이 틀림없었어요. 조금 창백해지긴 했지만 여전히 침착한 얼굴로, 심지어 미소까지 지으며 왕은 말했어요.

"음, 거, 대단히 힘든 질문이로군! 내가 설명해드리지. 동생 가슴에는 가느다랗고 작은 청색 화살 문신이 있소. 자세히 보지 않으면 눈에 띄지 않지."

정말 그렇게 뻔뻔스러운 낯짝은 본 적이 없다고 자신 있게 말할 수 있어요. 그러자 노신사가 눈을 빛내며 말했어요. 이제야 사기꾼의 항복을 받아낼 수 있다고 자신만만해 하는 표정이었어요.

"우리 피터의 가슴에 화살 표시가 있다? 내가 알기로는 P-B-W라는 글씨가 희미하게 새겨져 있는 걸로 아는데."

너무나 자신만만해서 모두들 노신사의 말을 믿는 눈치였어요. 그때였어요. 누군가 소리쳤어요.

"아냐, 가슴에는 아무 글자도 없었어!"

사람들이 고개를 돌려보니 시신을 매장한 일꾼들이었어요. 그러자 일대 소동이 벌어졌어요. 사람들이 격분해서 소리를 질렀고요.

"이놈이고 저놈이고 모두 사기꾼들이야! 모두 강물에 처넣어야 해! 모두 수레에 태워 주리를 틀어줘야 해!"

그러자 변호사가 탁자 위로 올라가서 말했어요.

"여러분, 제발 진정하시고……, 제발 제 말 한마디만 들어주세요! 아직 한 가지 방법이 더 남아 있습니다. 우리 모두 무덤으로 가서 시체를 파봅시다!"

사람들이 모두 그 말에 따르겠다며 고함을 질렀어요.

"갑시다! 가서 문신이 없다면 저 네 놈과 꼬마 놈을 모두 죽여버립시다!"

나는 기겁을 했어요. 어째서 사람들은 저처럼 하찮은 꼬마도 절대 잊지 않는 것일까요? 하지만 도망칠 길은 없었어요. 사람들은 우리 다섯 명을 붙잡고 모두 묘지로 갔어요. 가는 도중 모든 마을 사람들이 합류했지요. 하인즈 씨—그 억센 사나이—에게 팔목을 잡혀 끌려가며 나는 정말 정신이 하나도 없었어요. 시체의 가슴에 화살 문신이 있을 가능성은 전혀 없는데도 불구하고 그 문신이 있었으면 하고 바랄 정도였으니까요.

공동묘지에 이르자 사람들은 무덤을 파헤치기 시작했어요. 사방은 무서울 정도로 어두웠고 비가 쏟아지기 시작했어요. 번갯불이 번쩍거렸고 천둥이 무섭게 울렸어요. 하지만 사람들은 아랑곳하지 않고 열심히 무덤을 파헤쳤어요.

드디어 사람들은 관을 들어 올리고 나사못을 비틀기 시작했어요. 사람들이 모두들 우르르 몰려와 들여다보려고 했어요. 정말이지 이 세상에 그보다 더한 소동은 없었을 거예요. 내 손목을 잡고 있던 하인즈 씨도 너무 흥분해서 숨을 헐떡이고 있었어요. 아마, 나 같은 건 까맣게 잊어버리고 있던 게 틀림없었어요.

갑자기 번갯불이 번쩍했어요. 그러자 누군가가 소리쳤어요.

"아니, 이게 어떻게 된 일이야! 돈 자루가 시체 가슴에 놓여 있다니!"

그 소리를 듣자 하인즈 씨는 "뭐야!"라고 소리를 지르더니 내 손목을 놓고 사람들을 헤집으며 앞으로 나아갔어요. 나는 급히 빠져 나와 걸음아 날 살려라, 줄행랑을 놓았어요.

나는 마을을 지나 급히 선착장으로 달려갔어요. 한마디만 더 할게요. 메리 제인 누나의 집 앞을 지날 때 이제 누나를 영영 보지 못하겠구나 하는 생각에 가슴이 아팠어요. 내가 알고 있는 사람들 중에서 누나는 가장 착하고 용기 있는 여자였거든요. 선착장에서 나는 다행히 배를 한 척 발견할 수 있었고 열심히 노를 저어 드디어 뗏목이 있는 곳에 도착할 수 있었어요.

뗏목에 도착하자마자 나는 짐을 큰 소리로 불렀어요. 짐은 금세 뛰어나와 두 팔을 벌리고 나를 맞았어요. 그때 번개가 번쩍했고 번갯불에 비친 짐의 모습을 보는 순간 나는 뒤로 벌렁 나자빠지며 물에 풍덩 빠지고 말았어요. 짐이 미친 리어왕이자

아라비아 환자라는 사실을 깜빡하고 있었던 거지요. 짐은 나를 물에서 건져내며 나를 껴안았어요. 드디어 내가 왕과 공작을 떼어냈다고 기뻐한 거지요.

나는 짐에게 아직 기뻐하기는 이르다며 어서 밧줄을 풀고 뗏목을 강에 띄우자고 했어요. 잠시 후 우리는 강을 따라 기분 좋게 떠내려가고 있었어요. 다시 자유의 몸이 된 거지요. 나는 너무나 기뻐 깡충깡충 뛰며 춤을 추었어요. 그런데 순간 무슨 소리가 들렸어요. 노를 젓는 소리였지요. 그런데 맙소사! 번갯불이 번쩍하자 쪽배 한 척이 빠르게 뗏목을 향해 다가오고 있는 게 보이지 않겠어요? 바로 왕과 공작이었어요. 나는 바닥에 털썩 주저앉고 말았어요. 그리고 모든 것을 포기해버렸어요. 터져 나오는 울음을 참아내기 위해서는 그 방법밖에 없었으니까요.

제19장 싸움

떳목에 올라서자마자 왕은 내 멱살을 잡고 흔들며 말했어요.

"이 쥐새끼 같은 놈! 혼자 빠져나가다니! 우리랑 함께 있는 게 싫다 이거지!"

"아뇨, 폐하! 그게 아니에요, 폐하! 제발 놔주세요!"

"그럼 무슨 꿍꿍이속이었는지 말해봐! 아니면 창자를 뒤흔들어 놓을 테니!"

"사실대로 말할게요. 나를 붙잡고 있던 사람은 마음씨가 좋았어요. 자기에게도 나만한 아들이 있었는데 작년에 죽었다는 거예요. 모두들 금화를 발견하고 정신이 없을 때 나를 슬그머니 놔주며 얼른 도망가라고 했어요. 마을 사람들이 나를 목매달아 죽일 거라고 하면서요. 그래서 나는 무조건 도망친 거예요. 마을 사람들이 언제 쫓아올지 몰라 뗏목을 띄우고 멀리 가려 한 거예요. 우리는 두 분이 죽은 줄 알고 슬퍼하고 있었어요."

하지만 왕은 "주둥아리만 살아가지고! 아주 그럴 듯하게 둘러대는구나!"라고 말하며 나를 물속에 빠뜨려 죽이겠다고 협박했어요. 그러자 공작이 말렸어요.

"이런 천치 같은 영감탱이! 영감이라면 달리 했을 것 같소? 그래, 영감이 빠져나왔을 때 영감은 이 꼬마를 찾았소? 내가 보기엔 그런 것 같지 않던데……."

그러자 왕은 나를 놓아주더니 마을 사람 전부를 향해 있는 욕, 없는 욕을 마구 쏟아놓았어요. 그러자 공작이 왕에게 말했어요.

"차라리 영감 욕을 하지 그래요. 욕먹어 마땅한 건 바로 영감이니까. 그놈의 엉터리 문신 덕분에 겨우 목숨을 살린 것 빼놓고는 잘한 게 하나도 없잖아. 어쨌든 놈들이 금화 때문에 흥분하는 통에 우리가 빠져 나올 수 있었으니 그 짓은 잘한 거야. 안 그랬으면 지금쯤 우리는 아주 길고 단단한 밧줄을 목에 건 채 깊이 잠들어 있었을 테니."

두 사람은 잠시 말이 없었어요. 잠시 뒤 왕이 입을 열었어요.

"그런 걸 우리는 검둥이들이 훔쳤다고 생각했으니……."

나는 가슴이 덜컥 내려앉았어요. 왕의 말을 들은 공작이 콧방귀를 끼며 말했어요.

　"나야말로 정말 그렇다고 생각했지……."

　"무슨 소리야?"

　"아니, 영감이야말로 무슨 소리요?"

　"자네 무슨 잠꼬대 같은 소리를 하고 있는 건가? 하긴 자네는 잠들어 있었으니……."

　그러자 공작이 버럭 화를 내며 말했어요.

　"그런 말도 안 되는 소리 그만두지 못해요! 누굴 바보 천치로 아나! 그 돈을 관 속에 감춘 게 누군지 내가 모를 줄 알고!"

　"맞아, 네놈이 모를 리 없지! 바로 네놈이 그랬으니까!"

　"이런 거짓말쟁이!" 공작이 왕의 멱살을 잡으며 소리쳤어요.

　"이 손 못 놔! 컥컥! 어서 놔! 좋아! 방금 한 말 취소, 취소!"

　"좋아. 그렇다면 영감이 먼저 그 돈을 거기 감췄다고 자백해 보시지! 나를 따돌리고 다시 마을로 들어가 무덤을 파헤치고 돈을 독차지하려던 거지!"

　"잠깐, 잠깐! 자네에게 정말로 묻겠네. 자네에게 정말 그 돈을 독차지하려는 생각이 없었나? 가슴에 손을 얹고 솔직하게 말해봐."

공작은 멱살 잡은 손을 놓고 잠시 생각에 잠겼다가 말했어요.

"그런 생각을 품지 않았다면 거짓말이지. 하지만 그게 무슨 상관이야. 그런 짓을 하지 않았는데. 하지만 영감은 그런 생각을 하고 실제 행동에 옮긴 거잖아."

"공작, 정말 내가 그랬다면 당장 내 목을 매달지! 정말이야! 나도 그런 생각했던 건 사실이야. 그런데 누가 선수를 친 거야."

"거짓말! 영감이 한 짓이야! 어서 자백해! 만일 그렇지 않으면!" 공작은 다시 왕의 멱살을 잡았어요.

"항복! 자백할게!"

왕이 자백한다고 하자 나는 마음이 놓였어요. 공작은 멱살을 풀고 말했어요.

"그런 짓 안 했다고 한 마디만 더 하면 그대로 물에 처박아버릴 거요. 도대체 검둥이들에게 누명을 씌우고 아무 내색도 않다니! 부끄러운 줄 알아야지! 흥, 영감이 부족액을 열심히 채울 때부터 알아봤어. 내가 〈기린〉 공연으로 번 돈도 꿀꺽하려던 거지."

왕은 아직 목을 컥컥하며 머뭇머뭇 말했어요.

"하지만 공작, 부족액을 채우자고 한 게 어디 나였나? 바로 자네였지."

"닥치지 못해요! 영감 이야긴 한 마디도 듣기 싫어! 어쨌든 결과가 어떻게 됐지? 우리 주머니에 있던 돈도 탈탈 다 털리고 빈털터리가 됐잖아! 어디 부족액이니 뭐니 하는 소리 또 한 번만 했단 봐라!"

기가 꺾인 왕은 슬그머니 오두막으로 들어가더니 술을 마시기 시작했어요. 잠시 후 공작도 술을 마시기 시작했고요. 그렇게 둘은 화해 아닌 화해를 했고 다시 평화가 찾아왔어요.

왕이 자신이 돈주머니를 감췄다는 것을 자백했고, 절대로 딴말을 하지 않게 되었으니 내 마음은 정말 편해졌어요. 이윽고 두 악당이 코를 골기 시작하자 나는 짐에게 그동안 있었던 일을 모두 이야기해주었어요.

제20장 짐, 팔려가다

우리는 며칠간 어느 마을에도 멈추지 않고 계속 강을 따라 내려갔어요. 날씨가 따뜻한 남부 지방에 내려와 있었으니 집에서 무척이나 멀리 떨어진 셈이었지요. 사기꾼들은 이제 위험한 곳으로부터 벗어났다고 생각하고 또다시 새로운 계획을 세우기 시작했어요. 하지만 번번이 실패했어요. 금주(禁酒) 강연을 했다가 자기들이 마실 술값도 못 벌었고 어디선가 댄스 교습 학교를 열었지만 그들이 춤을 추자마자 마을 사람들이 몰려와 그들을 쫓아냈어요. 둘 다 캥거루만큼도 춤을 출 줄 몰랐으니 당연한 결과였지요. 한번은 웅변으로 한몫 잡으려 한 적도 있었지만 웅변을 시작하기도 전에 사람들이 일제히 일어나 욕을 해대는 바람에 혼비백산해서 도망가야만 했어요. 그밖에 전도 사업, 최면술, 의술, 점치기 등 닥치는 대로 일을 벌였지만 재미를 보지 못했어요. 왕이 말하던 대로 하느님의 섭리에 따라 운이 다한 모양이에요.

그러던 어느 날이었어요. 우리는 파이크스빌이라는 작은 마을로부터 하류 쪽으로 약 3킬로미터 정도 떨어진 곳에 뗏목을 숨기고 앉아 있었어요. 왕은 마을로 가서 〈왕실의 걸작〉 소문이 이곳까지 났는지 알아보고 올 테니 모두 숨어서 기다리고 있으라고 했어요.

그런데 금세 온다던 왕이 정오가 되어도 돌아오지 않았어요. 공작은 왠지 초조해하는 것 같았어요. 그러더니 나와 함께 마을로 가서 왕을 찾아보자고 했어요. 마을로 가보니 왕은 어느 싸구려 술집에서 곤드레만드레가 되어 누워 있었어요. 많은 건달들이 왕을 놀려대고 있었고 왕도 온갖 욕설을 퍼부으며 가만두지 않겠다고 건달들에게 큰소리를 쳤어요. 하지만 워낙 술에 취해 있어 발걸음도 옮기지 못할 형편이니 가만두지 않고 어쩌겠어요.

그 꼴을 본 공작이 왕에게 늙은 멍청이라고 욕설을 퍼부었고 왕도 지지 않고 응수했어요. 둘이 으르렁거리며 싸우느라 정신이 없는 틈을 타 나는 그들 곁을 떠나 온 힘을 다해 강둑길을 따라 달음질을 쳤어요. 늘 노리고 있던 절호의 기회가 온 것이지요. 뗏목을 매어놓은 곳에 도착하자마자 나는 기쁨에 들떠 큰 목소리로 외쳤어요.

"짐, 어서 뗏목을 풀어! 지금이 기회야!"

그러나 아무 대답이 없었고 오두막에서는 아무도 나오지 않았어요. 아무리 불러도 대답이 없자 나는 숲속으로 뛰어 들어가 계속 "짐! 짐!" 하고 외쳤어요. 하지만 짐은 온데간데없었어요. 나는 풀숲에 주저앉아 엉엉 울었어요. 하지만 언제까지나 울고 있을 수만은 없는 노릇 아니겠어요. 나는 어찌하면 좋을까 궁리하며 큰길로 나섰어요. 그런데 길을 걸어오는 사내아이를 한 명 만났어요. 나는 이러이러한 옷차림을 한 낯선 검둥이를 본 적이 없느냐고 그 애에게 물었어요. 그러자 그 애가 보았다고 대답했어요.

"어디서 봤는데?"

"여기서 3킬로미터 정도 떨어진 사일러스 펠프스 씨 집에서 봤어. 도망친 검둥이라서 붙잡은 거야. 그 검둥이를 찾는 거야?"

"아니, 한 시간 전에 숲에서 그냥 우연히 만났어. 내가 소리를 지르면 없애버리겠다는 거야. 꼼짝 말고 가만히 있으라고 해서 시키는 대로 했어. 너무 무서워서 숨어 있다가 지금 나온 거야.”

“아, 그래? 그렇다면 무서워할 것 없어. 사람들이 붙잡았으니까. 남부 어디선가 도망쳤대.”

“붙잡았다니 잘됐네.”

“그럼, 잘됐지. 현상금이 200달러나 된다던데. 길에서 거저줍는 거나 마찬가지지.”

“그래? 내가 어른이었으면 그 돈은 내 돈이었을 텐데. 내가 제일 먼저 봤잖아. 그런데 누가 붙잡았대?”

“어떤 노인인데……, 못 보던 사람이래. 그 노인이 단 돈 40달러를 받고 검둥이를 팔아넘겼대. 급히 강 위쪽으로 가볼 일이 있어서 팔아넘긴다고 했나봐. 나 같으면 7년이라도 기다릴 텐데.”

그 애와 헤어진 나는 뗏목으로 돌아와 오두막에 앉아 생각해 봤어요. 하지만 아무리 해도 좋은 생각이 떠오르지 않았어요. 자유를 찾기 위해 그토록 길고 긴 여행을 했고, 악당들 수발도 들어왔는데, 그 비열한 악당이 40달러를 받고 짐을 낯선 곳에 팔아넘긴 거예요. 짐을 팔아넘기려고 혼자 마을로 간 거시요. 왕은 그 돈으로 떡이 되도록 술을 마신 거고요.

문득 이런 생각이 들었어요. 짐이 어차피 노예 생활을 할 바에야 가족들이 있는 고향에서 하는 게 몇천 배는 낫지 않을까 하는 생각 말이에요. 나는 톰에게 편지를 써서 왓슨 아줌마에게 짐이 있는 곳을 알려주게 해야겠다고 생각했어요. 하지만 나는 금세 그 생각을 지워버렸어요. 우선 자기를 배반하고 도망친 짐에게 화가 난 왓슨 아줌마가 짐을 강 하류 지방으로 팔아버릴지도 모르잖아요. 설사 짐을 팔지 않더라도 사람들이 짐을 배은망덕한 검둥이라고 얼마나 업신여기겠어요. 게다가 내 생각을 해보세요. 내가 검둥이 도망치는 걸 도와주었다는 소문이 쫙 퍼질 테니, 정말 부끄러워서 어떻게 지낼 수 있겠어요. 만나는 사람마다 무릎을 꿇고 신발을 핥을 수는 없는 노릇 아니겠어요.

말하자면 나는 다음과 같은 식의 생각을 하고 있던 셈이에요. 누군가 비열한 짓을 저지른다, 하지만 그 비열한 짓의 결과를 감수하고 싶어 하지 않는다. 그리고 그 짓을 감추고 있는 한 하나도 수치스럽지 않다고 생각한다, 뭐 이런 거였어요.

그런데 생각을 하면 할수록 점점 더 양심의 가책을 느꼈고 내가 비겁한 놈이라는 생각에서 벗어날 수가 없었어요. 그러자 갑자기 정신이 번쩍 들었어요. 하느님께서 내 뺨을 때리면서 내가 그동안 저지른 사악한 짓을 저 높은 곳에서 모두 보고 있었다고 알려주는 것 같았어요. 내게 아무런 해도 끼치지 않은 불쌍한 노파에게서 검둥이를 훔쳐낸 짓을 다 보고 있었다고 알려주는 것 같았어요. 그리고 늘 감시를 하시는 하느님께서 지금까지는 용서를 해주셨지만 앞으로는 절대로 용서해주시지 않으리라는 생각이 들었어요.

나는 무서워서 바닥에 털썩 주저앉았어요. 나는 내가 그런 식으로 자랐으니 별 수 없지 않느냐, 나는 배우지 못했다, 그건 절대로 내 잘못이 아니다, 라며 자신을 위안하려 했지만 소용이 없었어요. 네가 배우지 못했다고? 넌 주일 학교에 다니지 않았느냐, 라는 목소리가 들린 거예요.

나는 몸이 부들부들 떨려 왔어요. 나는 기도를 하려 했어요. 지금까지의 못된 아이가 아니라 좀 더 착한 아이가 될 수 있는지 시험해보고 싶었던 거예요. 나는 무릎을 꿇었어요. 하지만 한 마디 말도 할 수 없었어요. 왜냐고요? 하느님께 감추려 해도 소용이 없었기 때문이에요. 그리고 나 자신에게도 감출 수 없었던 때문이에요. 나는 내가 왜 아무 말도 할 수 없는지 잘 알고 있었어요. 나는 올바른 애기 아닌 때문이에요. 나는 겉과 속이 다른 때문이에요. 겉으로는 죄를 포기하는 척하면서도 속으로는 더 큰 죄에 매달려 있던 때문이에요. 입으로는 검둥이

주인에게 검둥이 있는 곳을 알려주겠다고, 옳은 일을 하겠다고 읊조리면서도 마음 한구석에서는 그것이 거짓말이라는 것을 알고 있었던 거예요. 하느님도 그것을 훤히 아시고 계실 텐데 거짓 기도를 드릴 수는 없었어요.

나는 정말 어찌할 바를 모를 지경에 빠져버렸어요. 그때 문득 좋은 방법이 떠올랐어요.

'우선 편지를 써보자. 그 편지를 쓴 다음에, 내가 기도를 할 수 있는지 보자. 그러면 모든 게 해결될 것이다.'

나는 가벼워진 마음으로 왓슨 아줌마에게 편지를 썼어요.

왓슨 아줌마에게
아줌마, 도망친 노예 짐이 파이크스빌 하류 3킬로미터 떨어진 곳에 있는 펠프스 씨 집에 잡혀 있습니다. 아줌마가 현상금을 보내주면 풀어줄 거예요.

헉 핀

나는 생전 처음 죄가 깨끗이 씻긴 것 같아 기분이 좋았어요. 나는 이제 기도를 드릴 수 있을 것 같았어요. 나는 속으로 '정말 다행이야. 하마터면 지옥에 떨어질 뻔했잖아'라고 생각했어요.

그런데 생각을 계속하다보니 짐과 함께 강을 따라 내려오던 여행 모습이 떠올랐어요. 짐의 모습이 바로 눈앞에 보이는 것 같았어요. 낮이나 밤이나, 폭풍우가 몰아칠 때도, 달빛이 찬란한 밤에도 우리는 떠들고 노래 부르고 웃어대면서 뗏목을 타고 강을 따라 내려왔어요. 그런데 어찌 된 일인지 짐을 향한 좋지 않은 감정을 품었던 때는 하나도 떠오르지 않고 반대 경우만 떠올랐어요. 밤에 보초를 설 때 내 순서가 되었는데도 깨우지 않고 짐이 계속 보초를 선 일, 안개 속에서 내가 돌아왔을 때 짐이 그토록 반갑게 나를 맞던 일, 나를 귀염둥이라고 부르며 귀여워해주던 일들이 떠올랐어요. 그리고 내가 짐이 천연두에 걸렸다며 백인들을 따돌리자 나를 이 세상에서 하나밖에 없는 가장 귀한 친구라고 말하던 것도 떠올랐어요.

　바로 그 순간 주위를 둘러보다 조금 전에 써놓은 편지가 눈에 들어왔어요. 정말 결정적인 순간이었어요. 나는 종이를 집어 들었어요. 나는 손을 부들부들 떨고 있었어요. 마음속으로 이미 둘 중에서 한쪽으로 결심을 굳히고 있었으니까요. 나는 숨을 죽이고 잠시 생각에 잠겼다가 마침내 이렇게 중얼거렸어요.

　"좋아, 그렇다면 나는 지옥으로 가겠어"라고 중얼거리면서 나는 편지를 찢어버렸어요.

그건 무서운 생각이었고 무서운 말이었어요. 하지만 나는 이미 그 말을 입 밖에 내고야 만 거예요. 나는 그 말을 취소하지 않았어요. 그리고 다시는 마음을 고쳐먹는 일 따위는 생각조차 않기로 했어요. 그 모든 생각을 머리에서 말끔히 씻어버리고 다시 나쁜 애가 되기로 한 거예요. 그게 내게 맞는 길인 데다 나는 그렇게 자랐으니까요.

그렇게 지옥행을 택한 뒤 나는 짐을 노예 상태에서 빼내기로 결심했어요. 지옥행 첫 번째 행동이 짐 구출 작전인 셈이었지요. 나는 그보다 더 나쁜 짓도 생각해낼 수 있다면 기꺼이 하겠다고 다짐했어요. 한번 나쁜 애가 되기로 결심한 이상, 게다가 영원히 그렇게 되겠다고 결심한 이상 끝장을 보는 게 옳은 것 아니겠어요.

나는 어떻게 그 첫 번째 일을 성사시킬 수 있을까 곰곰 머리를 굴렸어요. 이윽고 내게 알맞은 방법이 떠올랐어요. 그날 나는 뗏목에서 잠을 잔 다음, 아침 식사를 마치고 가게에서 산 새 옷을 입었어요. 나는 다른 옷들은 보따리에 싼 다음 카누를 타고 강변을 향해 노를 저었어요. 이윽고 펠프스 농장 가까운 곳이라 짐작하는 곳에 카누를 대고, 카누에 돌을 채운 다음 물속에 가라앉혔어요. 물론 필요할 경우 다시 찾을 수 있도록 표시해 놓는 것을 잊지 않았고, 보따리는 숲속에 숨겨 두었어요.

　뭍으로 올라간 나는 큰 길을 걸어 마을로 향했어요. 가는 도중에 '펠프스 목재소' 간판을 볼 수 있었지요. 그런데 마을에 도착하자마자 하필 공작을 만난 거예요. 공작은 〈왕실의 걸작〉 간판을 붙이고 있는 중이었어요. 그런데 이상한 일이었어요. 공작이 왠지 나를 피하는 것 같았어요. 잠시 생각해보니 그 이유를 알 것 같았어요.

　'그래, 왕하고 둘이 짜고서 짐을 팔아버린 거야. 왕이 그 돈으로 혼자 술을 먹어 치웠으니 공작이 그렇게 화를 낸 거고.'

　그는 내게서 10센트의 돈을 뜯어내더니 어서 꺼지라고 했어요. 나는 잘됐다고, 이제 놈들과는 완전히 손을 끊어버려야겠다고 생각하며 마을을 향해 걸음을 재촉했어요.

제21장 샐리 이모

펠프스 농장에 도착하고 보니 마치 일요일처럼 농장 안이 조용했어요. 일꾼들은 모두 들판에 나가 있었던 거지요. 날은 찌는 듯 무더웠어요.

펠프스 농장은 그곳에 있는 다른 목화 농장들과 마찬가지로 규모가 그리 크지 않은 농장이었어요. 2에이커 정도의 마당에 울타리가 빙 둘러쳐져 있었고 넓은 마당에는 털이 빠진 헌 모자처럼 아무것도 자라는 것이 없었어요. 통나무집 두 채를 이어 만든 큰 집이 백인 주인집이었고 그 건너편에 통나무로 지은 작은 오두막 세 채가 죽 늘어서 있었어요. 검둥이들이 사는 집이었지요. 그리고 뒤쪽 울타리 근처에 작은 오두막이 하나 따로 떨어져 있었고 그 반대편에도 몇 채의 오두막들이 있었어요.

작은 오두막 옆에는 잿물통과 비누를 끓이는 솥이 있었고, 부엌 문 옆에는 양동이와 바가지를 올려놓은 벤치가 있었어요. 그리고 집 옆에서 사냥개들이 졸고 있었어요. 울타리 밖에는 채소밭과 수박밭이 있었고 이어서 목화밭이 있었어요. 목화밭이 끝나는 곳에는 숲이 이어지고 있었고요.

나는 어떻게 하겠다는 계획도 없이 돌로 만들어놓은 계단을 딛고 울타리를 넘어 안으로 들어가서 부엌 쪽을 향해 걸었어요. 그래야 할 때가 되면 하느님이 적당히 할 말을 가르쳐주시겠지, 믿고서 말이에요. 하느님께 모든 걸 맡겨 놓으면 언제나 할 말을 가르쳐주시잖아요.

마당을 반쯤 가로질러 왔을 때 개들이 일어나 내게로 다가왔어요. 나는 멈춰 서서 가만히 놈들과 맞섰어요. 놈들이 무섭게 짖어대기 시작했어요. 모두 열다섯 마리나 되는 개들이 나를 빙 둘러싸고 으르렁거리며 짖어댄 거예요. 개들의 수가 점점 더 늘어났어요. 울타리를 뛰어넘어 온 놈들, 집 모퉁이에서 나타난 놈들 등 사방에서 개들이 모여든 거예요.

부엌에서 검둥이 여자가 한 명 나타나더니 "서리 가지 못해!"라고 소리치며 개들을 향해 방망이를 휘두르자 개들이 일제히 도망갔어요. 하지만 곧이어 절반가량의 개들이 다시 돌아와서는 꼬리를 살랑살랑 흔드는 거예요. 나와 친구가 된 거지요. 어쨌든 개들은 해를 끼치는 동물이 아니잖아요.

잠시 뒤 집에서 백인 여자 한 명이 밖으로 나왔어요. 마흔다섯에서 쉰 살 정도는 된 여자였어요. 그 뒤로는 몇몇 애들이 그 여자 옷에 매달려 따라 나왔어요. 여자는 얼마나 환한 함박웃음을 짓고 있었는지 제대로 서 있지도 못할 정도였어요. 그러더니 내게 이렇게 말하는 게 아니겠어요!

"어서 와라! 드디어 네가 왔구나!"

나는 아무 생각 없이 "네, 부인"이라고 대답했어요.

그녀는 나를 숨이 막힐 정도로 꽉 껴안았어요. 뺨 위로 눈물이 흐르고 있었어요. 그녀가 계속 말했어요.

"얘야, 너는 생각만큼 네 엄마를 닮지 않았구나. 하지만 그게 무슨 상관이니. 암튼 너무 반갑구나! 깨물어주고 싶을 정도야! 얘들아, 너희들 사촌 톰이란다. 어서 인사해."

하지만 애들은 고개를 숙이고는 어머니 등 뒤로 숨었어요.

그러자 그녀가 검둥이 여자에게 말했어요.

"리즈, 어서 따뜻한 아침 식사 준비해라." 이어서 내게 물었어요. "너 혹시 배에서 아침을 먹었니?"

나는 먹었다고 대답했어요. 이윽고 그 여자는 나를 안으로 데리고 들어갔어요. 애들도 졸졸 따라왔지요. 그녀는 나를 의자에 앉히고 맞은편에 앉더니 내 두 손을 잡고 말했어요.

"자, 이제 어디 제대로 좀 보자꾸나. 정말 네가 얼마나 보고 싶었는지 모르겠다. 이제 소원이 이루어진 거야. 이삼 일 전부터 이제나저제나 하고 기다리고 있었단다. 왜 이렇게 늦었니? 배가 좌초라도 된 거니?"

"네, 부인……, 배가……."

"얘는, 부인은 무슨 부인! 샐리 이모라고 불러. 그래, 배가 어디서 그랬는데?"

나는 잠시 할 말을 잃었어요. 배가 좌초되었다면 자세한 이야기를 물어볼 게 뻔했고, 나는 이곳 지명을 전혀 모르잖아요. 그래서 나는 배가 좌초된 게 아니라 실린더가 폭발했다고 적당히 둘러댔어요. 그러자 샐리 이모(누구 이모인지는 모르겠지만)가 다시 물었어요.

"그런데, 얘야. 혹시 이모부는 못 만났니? 매일 너를 마중 나갔거든. 오늘도 마을로 갔어. 한 시간 전에 나갔으니까 곧 돌아오겠구나. 너, 도중에 못 만났니? 나이가 늙수그레하고……."

"아뇨, 배가 새벽에 일찍 도착했기에 짐을 부두에 맡겨 놓고 마을 구경을 했어요. 그리고 뒷길로 돌아왔어요."

나는 둘러대면서 식은땀이 났어요. 빨리 이 아줌마랑 어려운 면담을 끝내고 아이들과 이야기를 나누고 싶었어요. 애들을 꼬여서 도대체 내가 누구인지 알고 싶어 미칠 지경이었어요. 그런데 이번에는 샐리 이모가 등골이 서늘한 질문을 하는 거 아니겠어요.

"애야, 반가운 김에 마구 지껄이다 보니 정작 묻고 싶은 걸 못 물어봤구나. 언니랑 식구 이야기는 하나도 듣지 못했네. 자, 나는 입을 다물고 있을 테니 어서 잘들 지내는지 이야기 좀 해봐라."

나는 '오, 지금까지는 하느님이 내 편을 들어주셨지만 마침내 나를 버리시는구나'라고 생각할 수밖에 없었어요. 이제는 두 손들고 항복하는 수밖에 없었어요. 나는 사실대로 실토하려 했어요. 그런데 내가 막 이야기를 꺼내려던 바로 그 순간이었어요. 갑자기 그녀가 나를 붙잡더니 침대 뒤로 밀어 넣으며 말했어요.

"쉿, 이모부가 오신다. 머리를 숙여. 좀 더……. 옳지, 됐다. 너를 숨겼다가 저 양반을 좀 놀라게 해줘야겠다." 이어서 애들에게 그녀가 말했어요. "너희들, 아무 말도 하지 말아라."

노신사가 집 안으로 들어서는 게 보였어요. 펠프스 부인이 그에게 달려가 말했어요.

"그래, 왔어요?"

"아니."

"저런, 도대체 어떻게 된 일일까요?"

"글쎄, 나도 모르겠는걸. 이거 정말 큰일이야. 내가 놓쳤을 리도 없고, 분명 배에서 무슨 일이 일어난 거야."

"어머, 여보! 저쪽 좀 보세요……. 저기, 저 길 쪽요!"

노신사가 창가로 얼른 다가갔어요. 그러자 부인은 얼른 내 팔을 잡더니 침대 밖으로 나오게 했어요. 노신사가 창가로부터 돌아와 보니 부인은 만면에 웃음을 띠고 있었고 그 옆에는 내가 식은땀을 흘리고 서 있었어요. 노신사가 놀라서 물었어요.

"아니, 이게 누구요?"

"누구일 것 같아요?"

"모르겠는데. 대체 누구야?"

"얘가 톰 소여예요!"

맙소사! 나는 그만 마룻바닥 밑으로 푹 무너져 내릴 뻔했어요! 하지만 놀라고 말고 할 겨를도 없었어요. 노인이 내 손을 잡더니 마구 흔들어댄 거예요. 그사이 부인은 주위를 춤추듯 돌아다니며 웃고 울고 난리도 아니었어요, 그런 후 두 사람이 함께 폴리 아줌마랑, 시드랑, 메리랑 집안 식구들에 대해 안부를 마구 물어댔어요.

두 사람이 아무리 기뻤다 한들 내 기쁨에 비할 수 있었겠어요! 마치 죽었다 살아난 것 같은 기분이었는데요. 내가 누구인줄 알게 된 게 그렇게 기쁠 수 없었어요. 내 곁에 찰싹 달라붙어 있는 두 사람에게 나는 내 턱이 뻣뻣해질 때까지 소여 이름을 가진 사람들에 대해 소상히 소식을 전해주었어요.

나는 마음이 놓였지만 한편으로는 불안하기도 했어요. 톰 소여 노릇하는 건 식은 죽 먹기였지요. 하지만 그런 편안한 마음도 멀리서 증기선 기적 소리가 들리자 어디론가 사라지고 말았어요.

'만일 톰 소여가 저 배에 타고 있다면? 그리고 나를 보자마자 뭐라고 눈짓할 새도 없이 내 이름을 부른다면?'

그렇게 되면 안 되지요. 도중에 기다리다가 톰을 만나야만 했어요. 나는 부부에게 마을로 가서 짐을 찾아오겠다고 말하고 집을 나섰어요. 사일러스 펠프스 씨가 함께 가주겠다고 했지만 나는 더 이상 폐를 끼치기 싫다며 정중히 거절했어요.

제22장 톰 소여의 등장

나는 사일러스 씨가 내준 마차를 타고 마을로 향했어요. 절반쯤 갔을 때였어요. 짐마차 한 대가 마주 오는 것이 보였어요. 틀림없이 톰 소여였어요. 나는 마차를 세우고 그가 가까이 오기를 기다렸어요. 내가 "멈춰라!"라고 외치자 톰 소여가 마부에게 마차를 세우라고 했어요. 나를 본 톰은 입을 가방처럼 크게 벌린 채 다물지 못했어요. 이윽고 톰은 침을 꿀꺽 두 번 삼키더니 말했어요.

"나는 네게 나쁜 짓을 한 적이 없다. 그건 너도 알고 있겠지. 그런데 왜 이렇게 세상으로 다시 돌아와 나를 놀라게 하는 거냐!"

"나는 돌아온 게 아니야. 가버린 적도 없는데……."

내 목소리를 듣자 톰은 조금은 제정신으로 돌아온 것 같았어요. 하지만 아직 완전히 납득한 것은 아니었어요.

톰이 말했어요.

"나를 놀리지 마. 나도 너를 놀리지 않을 테니. 자, 솔직히 말해. 너, 귀신 아니지?"

"정말이야. 나, 귀신 아니야."

"그래……, 좋아……. 그 문제는 됐다고 치자. 하지만 도무지 이해가 안 돼. 야, 그럼 넌 살해된 게 아니란 말이야?"

"그럼. 내가 살해당하긴 왜 당해! 내가 사람들을 속인 거야. 믿어지지 않으면 가까이 와서 만져봐."

톰은 내가 하라는 대로 했고 그제야 흡족해했어요. 톰은 모든 것을 알고 싶어 했어요. 아무리 봐도 엄청나게 신나는 모험이었기에 톰을 바싹 달아오르게 만들었던 거예요. 나는 톰에게 자세한 이야기는 나중에 해주겠다고 말한 다음, 톰이 타고 온 마차의 마부에게 잠깐 기다리라고 하고 톰을 내 마차에 오르게 했어요. 나는 앞으로 얼마간 마차를 몰고 가며 지금 내가 어떤 곤경에 처해 있는지 대충 설명해주었지요. 톰은 잠시 생각해봐야겠으니 방해하지 말라고 하더니 곰곰 생각에 잠겼다가 마침내 입을 열었어요.

"됐어. 좋은 수가 생각났어. 내가 시드인 척하면 돼. 샐리 이

모는 둘 다 한 번도 본 적이 없거든. 내가 가방이 두 개니까 하나는 네 거라고 하면 돼."

나는 역시 톰은 머리가 좋다고 생각했어요. 내친 김에 나는 톰에게 또 한 가지 고민을 털어놓았어요.

"그런데 톰, 한 가지 더 얘기할 게 있어. 나 말고는 아무도 모르는 이야기야. 내가 검둥이 노예를 한 명 구해내고 싶어. 짐 말이야. 왓슨 아줌마네 노예인 짐. 너도 알지?"

"뭐야! 어떻게 짐이 여기에!"

톰은 다시 생각에 잠긴 것 같았어요. 그래서 내가 말했어요.

"네가 무슨 생각하는지 알아. 더럽고 비열한 짓이라고 말하겠지. 하지만 그렇다고 해도 어쩔 거야? 내가 바로 그런 놈인데. 난 짐을 구해낼 거야. 너, 아무에게도 말 안 할 거지? 약속할 수 있지?"

그러자 톰이 눈을 반짝이며 말했어요.

"내가 도와줄게."

나는 마치 총에라도 맞은 듯 아찔했어요. 이렇게 깜짝 놀랄 만한 말은 들어본 적이 없었어요. 톰에 대한 내 평가가 굉장히 낮아질 수밖에 없었어요. 정말로 도저히 믿을 수 없었어요. 톰 소여가 검둥이 도둑이 되려 하다니!

"제길!" 내가 말했어요. "너, 지금 나 놀리는 거지?"

"아니, 농담하는 거 아냐."

"좋아. 농담이건 아니건 도망친 검둥이 이야기가 나오면 너나 나나 전혀 모르는 걸로 하는 거다. 알았지?"

마차를 타고 펠프스 농장으로 가면서 톰은 내내 툴툴거렸어요. 내가 톰 소여가 되고 자기가 시드가 되는 이 재미있는 장난을 이렇게 쉽게 처리해버리는 게 영 못마땅했던 거지요. 톰은 무슨 수를 써서라도 이모와 이모부를 깜짝 놀라게 해주고 싶었는데 사정상 그러지 못한 거예요. 톰은 어떤 일이건 장난이나 모험이 빠져서는 안 된다고 생각하는 친구였으니까요. 이모와 이모부가(이젠 내게도 영락없이 그렇게 되었지요) 톰, 아니 시드를 열렬히 환영해준 것은 물론이에요.

우리는 저녁 식사를 정말 푸짐하게 잘 먹었어요. 그런데 식사를 마친 뒤에 톰의 사촌 동생이 노인에게 이런 말을 하는 게 아니겠어요.

"아버지, 톰 형이랑, 시드 형이랑 셋이서 연극 구경 가면 안 돼요?"

그러자 노인이 말했어요.

"안 된다. 연극 들어온 것도 없고 있더라도 가면 안 돼. 도망친 검둥이가 그 엉터리 연극에 대해 버튼하고 내게 다 말해줬다. 버튼이 마을 사람들에게 다 말해주겠다고 했으니 그 사기꾼들 지금쯤 마을에서 쫓겨났거나 경을 치고 있을 거다."

그 소리를 듣고 나는 움찔할 수밖에 없었어요.

그날 밤 톰과 나는 창문을 통해 기어 나온 다음 피뢰침을 타고 아래로 내려와 마을로 갔어요. 어서 가서 왕과 공작에게 그들이 위험하다는 것을 귀띔해주기 위해서였어요. 마을로 가는 도중에 톰이, 사람들은 모두 내가 죽은 것으로 알고 있다는 이야기, 아버지는 어디론가 사라져 다시는 마을로 돌아오지 않았다는 이야기, 짐이 도망쳤을 때 큰 소동이 일어났다는 이야기들을 해주었어요. 나는 짐과 함께 뗏목을 타고 다니면서 겪은 모험 이야기를 모두 들려주었어요.

우리가 마을로 들어섰을 때는 벌써 8시 반쯤 되었어요. 그런데 마을 한복판에서 횃불을 든 사람들이 고래고래 고함을 지르며, 양철 냄비를 두드리고 호각을 불면서 이쪽으로 오고 있는 게 아니겠어요. 우리는 행렬이 지나갈 수 있도록 길옆으로 비켜섰어요. 행렬이 지나갈 때 보니 사람들이 왕과 공작을 가로대 위에 걸터앉힌 채 메고 가고 있었어요. 둘 다 온몸에 타르를 바르고 깃털로 덮여 있어서 도무지 사람 같아 보이지 않았지만 나는 왕과 공작임을 알 수 있었어요. 나는 그 모습을 보자 속이 울렁거렸어요. 그 불쌍한 악당들이 가엾게 여겨진 거예요. 아무래도 이 두 악당을 더 이상 미워할 수 없을 것 같았어요. 정말 보기에도 끔찍한 광경이었어요. 사람이란 다른 사람에 대해서 무서울 정도로 잔인할 수 있는 건가 봐요.

우리들이 너무 늦게 도착해서 그 두 악당을 구해낼 수 없었던 거지요. 나는 뒤따라가는 사람에게 어떻게 된 일이냐고 물었어요. 그 사람 말로는 모두들 순진한 얼굴로 연극을 보러 갔다는 거예요. 그런데 왕이 추한 몰골로 이리 뛰고 저리 뛰고 할 때 사람들이 와! 몰려가 두 놈을 붙잡았다는 거예요.

우리들은 어슬렁어슬렁 집으로 향했어요. 좀 전처럼 약간 우쭐하던 기분은 어디론가 사라져버렸어요. 난 아무 짓도 한 게 없었지만 어쩐지 스스로가 비열하고 천박한 것처럼 여겨졌으며 스스로를 비난하고 싶어졌어요. 정말 모를 일이었어요. 저 사기꾼들의 짓을 내 짓처럼 여긴 걸까요, 아니면 저 사람들의 잔인한 짓을 내 짓처럼 여긴 걸까요?

그래요, 언제나 그렇게 되는 거예요. 우리가 옳은 일을 하건 나쁜 일을 하건 마찬가지예요. 사람의 양심은 아무런 의미도 없어요. 그저 자기에게 유리한 쪽으로 기울게 되어 있어요. 사람의 양심처럼 무분별한 개가 있다면 나는 그 개를 잡아 독살할 거예요. 양심이란 놈은 사람의 내장 전부를 합친 것보다 더 큰 방을 차지하고 있으면서도 아무 소용도 없는 거예요. 톰 소여도 나랑 똑같은 이야기를 했어요.

제23장 짐이 갇혀 있는 곳

우리들은 이야기를 그치고 각자 생각에 잠겼어요. 이윽고 톰이 말했어요.

"헉, 우리가 정말 바보였어! 이제까지 그 생각을 못하다니! 짐이 어디 있는지 알아냈어."

짐의 탈출을 돕겠다고 하더니 톰은 어느새 그 생각에 몰두해 있었던 거예요.

"말도 안 돼! 어딘데?"

"잿물 통 옆 오두막에 있어. 우리가 저녁 먹을 때 검둥이 한 명이 음식을 갖고 그 안으로 들어가는 거 봤지?"

"응, 봤어."

"누구한테 주는 것 같아?"

"개한테 주는 거 아냐?"

"나도 처음에는 그렇게 생각했어. 하지만 아니야."

"어째서?"

"음식에 수박이 있었잖아."

"맞아! 그걸 몰랐네! 개는 수박을 안 먹는다는 생각을 못 했네. 눈뜬장님이었어."

"게다가 열쇠로 문을 여닫은 다음 이모부에게 열쇠를 갖다주더라고. 누가 갇혀 있다는 게 뻔하잖아. 이 손바닥만 한 농장에 짐 말고 또 다른 죄수가 있을 리 없어. 그러니 거기 짐이 갇혀 있는 게 확실해."

어린 나이에 이렇게 머리가 잘 돌아가다니! 내게 톰 소여 같은 머리가 있다면 나를 공작으로 만들어준다고 해도, 나를 증기선 항해사로 만들어준다고 해도, 나를 서커스의 광대로 만들어준다고 해도, 이 세상 그 무엇이건 되게 해준다고 해도 절대로 그 머리와는 바꾸지 않을 거예요.

잠시 뒤 톰이 말했어요.

"그래, 네 계획은 뭐야?"

나는 잠시 생각한 뒤에 말했어요.

"우선 거기 있는 게 짐인지 아닌지 알아낼 거야. 그건 쉽게 알아낼 수 있어. 그걸 알아낸 다음 내일 물에서 카누를 건진 다음 섬으로 가서 뗏목을 가져올 거야. 그런 다음 달이 뜨지 않은 어두운 밤을 기다렸다가 잠든 아저씨 주머니에서 열쇠를 훔쳐내는 거야. 그리고 짐을 데리고 뗏목까지 도망쳐서 전처럼 낮에는 숨고 밤에만 움직이는 거지. 어때, 잘될까?"

"물론 잘되겠지. 하지만 너무 간단해. 아무 재미가 없어. 그렇게 아무 문제없는 계획을 어디다 쓰겠니? 그 정도 갖고는 비누 공장에 몰래 들어가서 비누를 훔치는 것 정도의 평판밖에는 얻을 수 없거든."

나는 아무 말도 하지 않았어요. 톰이 그런 식으로 나오리라는 걸 잘 알고 있었거든요. 또, 일단 그런 식으로 마음을 먹으면 아무리 반대해봤자 소용없다는 것도 나는 잘 알고 있었어요.

톰이 자신의 계획을 말했어요. 우선 그 스케일부터 내 계획과는 비교도 되지 않았어요. 톰의 계획대로라면 짐을 자유의 몸으로 만들어줄 뿐더러 우리가 죽음을 맞이하게 될지도 몰랐으니까요. 나는 물론 톰의 계획에 찬성했고 곧 실행에 옮기자고 했어요.

톰의 계획이 어떤 것인지 여기서 말할 필요는 없을 것 같아요. 그 계획이 그대로 실행될 리 만무했기 때문이에요. 톰은 그 계획을 실행하면서 그때그때 바꿀 것이며, 또 새로운 아이디어를 덧붙이리라는 걸 나는 잘 알고 있었어요. 다만 한 가지만은 확실했어요. 톰은 더 없이 진지했으며 짐을 구해내는 일을 분명히 도우려 한다는 사실이었지요.

둘이 집에 이르고 보니 이미 깜깜한 밤이었고 천지가 고요했어요. 우리들은 오두막을 살펴보러 갔어요. 개들은 우리를 알아보고 조용했어요. 내가 가만히 살펴보니 북쪽 꽤 높은 곳에 창문이 하나 있었어요. 내가 톰에게 말했지요.

"톰, 좋은 수가 있다. 저 창문 판자를 뜯어내면 짐이 빠져나오기에 충분한 구멍이 생길 것 같아."

그러자 톰이 곧바로 면박을 주었어요.

"야, 그건 수업 땡땡이치는 것처럼 너무 쉬워. 헉, 그보다는 좀 더 복잡한 방법을 써야 한다고."

"그럼 내가 전에 했던 방법대로 통나무를 잘라내면 어떨까?"

"그것도 좋아. 하지만 그것보다 좀 더 오래 걸리는 방법을 생각해보자고. 서두를 것 없으니 주변을 좀 둘러보자."

뒤편 오두막과 울타리 사이에 판자로 만든 오두막이 헛간에 더 있었는데 처마끼리 서로 연결이 되어 있었어요. 자물쇠가 채워져 있었지요. 톰은 비누를 끓이는 솥 옆에서 도구를 하나

들고 오더니 자물쇠를 비틀어 문을 열었어요. 성냥을 그어 안을 살펴보니 녹슨 괭이며 삽, 곡괭이들이 들어 있는 헛간이었어요. 우리는 헛간에서 나와 다시 문을 채웠어요. 좋은 생각이 난 듯 톰이 눈을 빛내며 말했어요.

"자, 됐어. 땅굴을 파서 짐을 구출하는 거야. 한 일주일은 걸릴걸."

다음 날 아침 톰은 짐에게 음식을 갖다주는 검둥이를 구슬려 나와 함께 짐이 갇혀 있는 오두막으로 들어갈 수 있었어요. 과연 짐은 그곳에 있었어요. 우리를 알아본 짐이 놀라서 큰 소리로 말했어요.

"아니, 헉 아닝가벼! 글코, 요건 톰 도련님 아닝가벼?"

그러자 함께 안으로 들어간 검둥이도 놀라서 말했어요.

"어렵쇼. 이놈이 도련님들을 알고 있는가벼. 으째 안당가?"

그러자 톰이 그 검둥이를 이상한 듯 쳐다보며 말했어요.

"누가 우리들을 알고 있다는 거야?"

"아, 이 도망친 검둥이가 안다고 하지 않았능교?"

"왜 그렇게 생각하는 거지?"

"으째 그러실까? 아, 이 검둥이가 시방 안다고 소리치지 않았나유?"

톰이 이상하다는 듯 고개를 꼬았어요.

"아니, 누가 소리를 질렀다는 거야?"

나도 그 정도 눈치는 있었거든요. 내가 얼른 톰의 말을 받았지요.

"아니, 난 아무 소리도 듣지 못했는데."

그러자 톰은 짐 쪽으로 돌아서며 물었어요.

"니가 소리를 질렀냐?"

"아뇨, 암말 안 했지라우."

결국 우리를 그 안으로 안내한 검둥이는 자기가 마녀에게 홀렸다고 자백하고 말았어요. 그리고 걱정스러운 얼굴로 요즘 마녀가 너무 자주 나타나서 큰일이라고 말했어요. 톰은 아예 입을 막아버리겠다는 심산으로 그 검둥이에게 10센트짜리 은화를 주었어요. 그 검둥이가 문간 쪽으로 가서 이게 진짠가 가짠가 이로 깨물고 있는 사이 톰이 짐에게 속삭였어요.

"짐, 우리를 아는 척하면 안 돼. 땅을 파는 소리가 들리더라도 놀라지 마. 짐을 해방시키려고 우리가 굴을 파는 기니까."

제24장 구출 준비 1

아침 식사 시간까지는 아직 한 시간이 남아 있었기에 우리는 숲속으로 들어갔어요. 톰이 이미 구출 작전 계획도 다 짜놓았는데 새삼스럽게 왜 숲에 들어갔느냐고요? 불빛을 구하려고 들어간 거예요. 헛간에서 땅을 파는 작업을 하려면 불빛이 있어야 할 게 아니겠어요. 톰은 램프 불빛은 안 된다고 했어요. 램프 불빛이 너무 밝아서 귀찮은 일이 생길 수도 있다며 썩은 나무들을 주워오자고 했어요. 썩은 나무들 중에는 우리들이 '여우불'이라고 부르는 희미한 빛을 발하는 것들이 있었거든요. 램프 불빛이 밝다는 건 핑계이고 실은 램프보다는 좀 더 어려운 방법을 사용하고 싶었던 거지요. 우리들은 썩은 나무들을 한 아름씩 안고 와서 풀 속에 감춰놓고 앉아서 쉬었어요. 톰은 뭔가 못마땅한 표정이었어요.

"제길 모든 게 너무 쉬워. 전부 어설프단 말이야. 어려운 계획을 짜기가 너무 힘들어. 마취제를 써야 할 감시인도 없고, 수면제를 먹여야 할 개도 없으니……. 정말로 감시인은 꼭 있어야 하는데……. 짐은 겨우 짧은 침대 다리에 쇠사슬로 다리가 묶여 있을 뿐이야. 침대 다리를 들고 사슬을 벗겨내기만 하면 되잖아! 게다가 사일러스 이모부는 그 열쇠를 호박 머리 검둥이에게 줘버리고는 아무도 놈을 감시하게 하지도 않아. 그뿐이야? 짐은 벌써 오래전에 그 창문으로 도망갈 수도 있었어. 헉, 세상에 이보다 쉽고 간단한 일이 또 있겠니? 너무 싱겁단 말이야. 그러니까 우리가 온갖 난관들을 만들어내야만 해. 어쩔 수 없어. 우리가 얻을 수 있는 물건들로 최선을 다해야 해. 어쨌든 한 가지만은 확실해. 수많은 난관과 위험을 뚫고 짐을 구출해 내야 그만큼 명예로운 일이 되는 거야. 그런 난관과 위험을 제공해야 할 의무를 지고 있는 자들이 그 의무를 등한시했으니 우리 스스로 그 위험과 난관을 만들어내야만 하는 거야."

나는 톰이 그 좋은 머리로 만들어낸 온갖 난관과 위험에 대해 상세하게 이야기하지는 않겠어요. 게다가 앞에도 말했듯이 톰의 계획은 언제 변할지 알 수 없는 노릇 아닌가요? 어쨌든 우리들의 과업, 즉 짐의 해방을 보다 명예로운 과업으로 만들기 위해 톰이 필요하다고 말하고 준비한 물품들을 소개해줄게요. 그것들은 톱, 침대 시트, 셔츠 한 장, 스푼 한 개, 놋쇠 촛대 하나, 작은 칼 세 자루 등이었어요. 그것들이 어디에 필요했는지 궁금하지요?

우선 톱이에요. 톰이 톱이 필요하다고 하기에 어디다 쓸 거냐고 내가 물었어요. 아무리 봐도 우리의 작전에서 톱은 필요하지 않은 것 같았거든요. 그러자 톰이 말했어요.

"그것도 몰라? 쇠사슬을 벗기려면 침대 다리를 잘라야 할 것 아니야."

"아니, 침대 다리를 들어올리기만 하면 된다고 했잖아."

"그래서 너는 정말 못 말리겠다는 거야. 너, 도대체 책을 읽어본 적이 있니? 그런 바보 같은 짓으로 죄수를 구해낸 이야기는 어디에도 없어. 권위가 있으려면 침대 다리를 톱으로 잘라낸 다음, 다시 감쪽같이 붙여놔야 해. 잘라진 자리에 진흙과 기름을 바르는 거야. 그리고 흔적을 없애기 위해 톱밥은 우리가 삼켜버려야 해. 거사 날 침대 다리를 발로 차기만 해도 침대가 꽈당 쓰러지는 거야. 그런 다음 유유히 쇠사슬을 벗기는 거야. 그런 건 일종의 규정 같은 거야."

침대 시트는 밧줄 사다리를 만드는 데 쓰였어요. 내가 무슨 밧줄 사다리가 필요하냐고 하자 톰은 그것도 규정이라며 국사범 같은 중죄인들은 반드시 밧줄 사다리를 타고 감옥에서 탈출하는 법이라고 말했어요.

셔츠는 왜 필요했냐고요? 톰은 짐에게 반드시 일기를 쓰게 해야 한다고 말했어요. 내가 짐은 글씨도 쓸 줄 모르는데 무슨 일기냐고 말했어요. 그러자 톰은 셔츠에다 그림 같은 것으로 표시를 하면 된다고 했고 그것도 규정이라며 아예 내 입을 막았어요. 스푼과 놋쇠 촛대는 수많은 세월을 들여 날카롭게 갈아서 펜으로 쓰기 위해 필요하다고 했어요. 그럼 잉크는 어디서 구하냐고 내가 묻자 톰은 혀를 끌끌 차며 최고의 권위자는 원래 자기 피로 글을 쓰게 되어 있다고 했어요.

작은 칼 두 자루는 땅굴을 파기 위해 필요한 거였어요. 내가 헌 곡괭이로도 충분히 굴을 팔 수 있을 텐데 웬 칼이냐고 하니까 톰은 참 안됐다는 표정으로 나를 쳐다보았어요.

"헉, 너 죄수가 감옥에서 탈출하려고 땅을 팔 때 곡괭이나 삽을 옷 속에 감춰두었다는 이야기 들어본 적 있니? 게다가 대개의 경우 흙을 파내는 게 아니라 단단한 바위를 파내는 거야. 너 『몽테크리스토 백작』 모르니? 이프 성에서 탈출할 때 흙을 판

줄 알아? 바위를 파낸 거야. 그러니까 곡괭이가 아니라 칼이 필요한 거야. 너, 그렇게 바위를 파내는 데 얼마나 걸렸는지 알아?"

"글쎄, 모르겠는데. 한 달 반?"

"이런 멍텅구리! 무려 37년이야! 그런 다음 밖으로 나와 보니 중국 땅이라 이거야. 이 요새 아래도 단단한 암반이었으면 좋겠다."

"짐은 중국에 아는 사람이 하나도 없을 텐데."

"그래서? 이프 성에서 탈출한 사람도 아는 사람이 없었다고. 넌 왜 맨날 옆길로 새니?"

나는 입을 다물었어요. 톰은 항상 길고 크게 보는 것 같았거든요.

하지만 아무리 생각해도 37년은 너무나 긴 것 같았어요. 톰은 역시 현명했어요. 톰은 우리의 과업이 한 2년 정도 걸리면 좋겠지만 그러다가는 짐이 뉴올리언스에서 도망쳐온 노예가 아니라는 것을 이모부가 알게 될 거다, 그러면 여러 가지 귀찮은 문제가 생길 거다, 우리는 이 과업을 빨리 수행할 필요가 있다고 말하더니 이렇게 현명하게 덧붙였어요.

"헉, 이렇게 하면 돼. 우리는 가능한 한 빨리 이 과업을 완수하자. 되도록 빨리 땅을 파는 거야. 그런 다음 37년이 걸린 걸로 치면 되는 거야. 그게 제일 좋은 방법이야."

"그거 그럴 듯하네. 그렇게 생각한다고 해서 돈이 드는 것도 아니잖아. 뭐, 별로 힘들 것도 없고. 톰, 필요하다면 150년 걸린 걸로 해도 돼."

나는 그날 오전 중에 빨랫줄에서 침대 시트랑 흰 셔츠를 한 장씩 슬쩍 빌렸어요. 아빠가 가르쳐준 대로 나는 그걸 빌렸다고 해요. 그런데 톰은 그건 빌리는 게 아니라 훔치는 거라고 했어요. 톰은 우리들이 전 죄수들의 대표라고 했어요. 죄수들은 무언가를 손에 넣는 게 목적이지 그걸 어떻게 손에 넣었는지는 아무 상관이 없다고 했어요. 아무도 그 때문에 죄수를 비난할 수 없다는 거예요. 죄수가 탈출하는 데 필요한 물건을 구하는 건 죄수의 권리라고 했어요.

톰은 만일 우리가 죄수가 아니라면 문제가 전혀 다르다고 했어요. 죄수가 아니면서 물건을 훔치는 건 비열한 짓이라는 거예요. 예를 들어, 우리가 수박을 훔쳤더라도 그걸 우리가 먹으려고 훔치면 비열한 짓이지만, 그 안에 칼 같은 것을 넣어 감옥에 넣어주기 위해 훔쳤다면 괜찮다는 거예요. 나는 수박을 훔칠 기회가 생길 때마다 그렇게 골치 아픈 생각을 해야만 한다면, 내가 죄수의 대표가 된다는 게 내게 무슨 이득이 있다는 건지 도무지 알 수 없었어요.

그다음에 나는 칼도 두 자루 슬쩍 빌렸어요. 아니지, 훔친 거지요. 난 아직 톰처럼 되려면 멀었나 봐요.

그날 밤 집안 식구들이 모두 잠든 틈을 타서 우리는 피뢰침을 타고 내려와 짐이 갇혀 있는 오두막에 붙어 있는 헛간으로 들어갔어요. 우리는 헛간 문을 잠근 다음 '여우불'을 잔뜩 쌓아 놓고 작업에 착수했어요. 톰은 우리가 침대 바로 뒤에 있으며 바로 그 밑을 파내려 가면 된다고 했어요.

우리들은 각자 칼을 들고 열심히 파내려갔어요. 하지만 얼마 가지 않아 몸은 녹초가 되어버렸고 손에는 물집이 생겨버렸어요. 작업 성과는 거의 눈에도 띄지 않을 정도였고요. 마침내 나는 칼을 놓으며 말했어요.

"톰, 이건 37년이 아니라 38년이 걸리는 일이겠다."

톰은 한 마디도 대답하지 않았어요. 톰은 꽤 오랫동안 생각에 잠겨 있더니 말했어요.

"헉, 이래 가지고는 안 되겠다. 우리가 진짜 죄수라면 몇 년이 걸려도 상관이 없어. 간수가 없는 틈을 타서 하루에 조금씩 파내려 가면 되니까. 하지만 우리는 한시가 급하잖아. 그러니 이렇게 하자. 옳지 않은 일이고 도덕에도 어긋나는 일이라 정말 마음이 내키지는 않지만, 곡괭이로 파자. 그걸로 파내고서 칼로 판 걸로 치잔 말이야."

"이제야 옳은 말을 하는구나!" 내가 말했어요. "톰, 네 머리는 날이 갈수록 좋아진단 말이야. 나는 도덕 따위는 상관 안 해. 땅을 파는 데는 칼보다 곡괭이가 낫다는 걸 아니까 나는 그냥 그렇게 해. 검둥이건 수박이건 주일 학교 책이건 뭔가를 훔칠 때 나는 어떻게 훔치는가는 상관 안 해. 내가 원하는 건 검둥이이고 수박이고 책이란 말이야. 권위 있는 사람들이 뭐라고 하건 그건 내가 상관할 바가 아니야."

톰이 말했어요.

"알았어. 자, 그러면 칼을 이리 줘."

나는 무슨 말인지 금방 알아듣지를 못했어요. 곡괭이로 파자고 해놓고 칼을 달라니! 하지만 나는 얼른 머리를 굴리고는 "이런 바보!" 하고 내 머리를 탁 쳤어요. 나는 헛간 구석 연장들 틈에서 곡괭이를 찾아 톰에게 주었어요. 톰은 곡괭이를 받아들더니 땅을 파기 시작했어요. 톰은 정말이지 유별난 애였어요. 그만큼 원칙에 충실한 애였고요.

그날 우리는 거의 날이 밝아오기 전까지 열심히 땅을 팠어요. 그리고 다음 날에는 드디어 짐의 침대 밑으로 기어들어갈 수 있었어요. 우리는 잠들어 있는 짐을 깨웠어요. 우리를 본 짐이 반가워한 것은 물론이고요. 짐은 한시라도 빨리 자기를 이곳에서 꺼내달라고 우리에게 애원했어요. 하지만 톰은 그건 규정에 어긋난다며 우리들의 계획을 짐에게 자세히 말해줬어요. 톰은 짐에게 셔츠와 스푼 하나와 촛대를 주며 그것으로 펜을 만들어 일기를 써야 한다고 했고, 커튼으로 만든 밧줄 사다리를 주며 거사 날 그 사다리를 타고 내려오라고 했어요. 짐은 도대체 펜은 어떤 식으로, 얼마나 걸려 만들라는 건지, 글씨를 쓸 줄도 모르는데 뭘 쓰라는 건지, 도대체 이 오두막에서 나가면서 왜 사다리가 필요한지 말이 안 된다고 생각한 게 틀림없었어요. 하지만 우리는 백인이니까 분명 자기보다 똑똑할 거라고 생각하고 순순히 시키는 대로 하겠다고 말했어요.

잠시 후 오두막에서 나와 집으로 돌아가면서 톰은 정말 기분이 좋았어요. 생전에 해본 가장 재미있는 일이며 가장 지적인 일이라는 거였어요. 톰은 자기가 그럴 수 있는 방안을 찾아볼 테니 이 일을 평생토록 해나가자고, 자식들에게도 짐을 구출하는 일을 맡기자고 말했어요. 그리고 짐도 이 일에 익숙해지기만 하면 날이 갈수록 점점 더 좋아하게 될 거라고 말했어요. 이런 식으로 한다면 80년 정도 끄는 건 문제없을 것이고, 그렇게 되면 최장기 탈옥 신기록을 세우게 된다는 거였지요.

탈출 준비에서 제일 힘든 건 역시 펜을 만드는 일이었어요. 게다가 짐이 글씨를 모르니까 셔츠에 그려 넣을 문장(紋章)을 생각해내는 일도 여간 힘든 게 아니었어요. 짐이 놋쇠 촛대를, 내가 숟가락을 벽돌 조각에 열심히 갈아 펜을 만드는 동안 톰은 문장을 생각해내느라 여념이 없었어요. 톰은 방패꼴 모양의 멋진 문장을 생각해냈다고 우리에게 설명한 뒤에 셔츠에 적어 넣을 슬픈 글을 지었어요. 톰은 헛간 구석에 있는 숫돌에 자기가 생각해낸 문장과 글씨를 못으로 긁어놓았어요. 그런 뒤 짐에게 헛간 쓰레기 더미에서 찾아낸 쇠꼬챙이를 망치 삼고 못을 끌 삼아 그 문장과 글씨를 틈나는 대로 새겨 넣으라고 했어요. 잠깐, 톰이 생각해낸 글을 소개해줄게요. 얼핏 보기에도 너무 멋있었거든요.

1. 이곳에 유배되어 있는 자의 심장이 터졌도다.

2. 이곳에서 가엾은 수인(囚人)은 세상과 친구들로부터 버림받은 채 그의 슬픈 생애를 불태우도다.

3. 이곳에서 고독한 37년간의 유배 끝에 나의 터져버린 심장, 갈기갈기 찢긴 영혼은 안식을 찾았도다.

4. 이곳에서 37년간의 쓰라린 유배 끝에 고결한 이방인, 루이 14세의 사생아는 집도 벗도 없이 스러져 가도다.

그 글을 읽으면서 톰의 목소리는 떨렸고 하마터면 울음을 터뜨릴 뻔했어요.

그걸로 다가 아니었어요. 그 외에도 톰은 죄수가 탈옥한 감방에는 방울뱀이 똬리를 틀고 있어야 제격이다, 쥐도 몇 마리 있어야 한다, 한구석에 꽃이 한 송이 피어 있으면 금상첨화다, 라며 요구 사항이 한둘이 아니었어요. 한마디로 완벽주의자였던 거지요. 짐이 죄수 생활이 이렇게 힘든 줄 몰랐다고 불평을 털어놓자 톰은 이 세상 그 어떤 죄수도 누려보지 못한 명성을 떨칠 기회가 왔는데 헛되이 버리려 하느냐고 짐을 야단쳤어요. 짐은 얼른 톰에게 사과하며 다시는 그러지 않겠다고 다짐했어요. 짐의 사과를 들은 다음 우리는 잠을 자러 집으로 갔어요.

제26장 익명의 편지

이럭저럭하는 사이에 3주일이 흘렀어요. 짐은 톰이 시키는 일을 차질 없이 진행했어요. 우리는 쥐를 잡아다 짐의 오두막에 넣었고, 방울뱀 대신 꽃뱀도 몇 마리 갖다 넣었어요. 짐은 오두막 구석에 꽃도 심었지요. 이어서 완성된 펜으로 셔츠에 피로 얼룩진 일기를 썼고, 돌에도 문장과 문구를 새겨 넣었어요. 물론 일기 내용은 톰이 일일이 일러주었지요. 침대 다리는 둘로 갈라졌고 나와 톰은 복통에 시달릴 수밖에 없었어요. 톱밥을 삼켜버린 때문이지요. 그리고 우리들의 복통을 끝으로 드디어 모든 준비가 끝났어요. 모두가 지칠 대로 지쳐 있었지요. 그중에도 가장 녹초가 된 것은 짐이었어요.

그동안 사일러스 아저씨는 뉴올리언스에 있는 농장으로 몇 번이나 편지를 보내서 그곳으로부터 탈출한 검둥이를 데리고 있다고 알렸어요. 하지만 아무런 답장도 오지 않았어요. 애당초 그런 농장이 있을 리 만무했으니 당연한 일이었지요. 아저씨는 세인트루이스와 뉴올리언스 신문에 광고를 내려고 했어요. 이제 더 이상 꾸물거릴 시간이 없어진 거지요.

이제 드디어 탈출을 결행할 순간이 다가왔음을 알게 되자 톰이 드디어 익명의 편지를 쓸 때가 왔다고 말했어요.

"편지? 무슨 편지?"라고 내가 물었어요.

"지금 무슨 일이 일어나고 있는지 사람들에게 미리 경고하는 편지 말이야. 언제나 스파이는 있는 법이거든. 루이 16세가 탈출하려 할 때도 몸종 계집애가 그 역할을 맡았어. 우리는 익명의 편지와 밀고자 그 두 가지 방법을 다 쓰도록 하자. 죄수 어머니가 죄수옷으로 갈아입은 채 남아 있고 죄수가 어머니 옷을 입고 빠져나가는 방법도 있어. 우리 그 방법도 쓰기로 하자."

"톰, 무슨 일이 일어날 거라고 왜 미리 경고해야 하는 거지? 자기들이 직접 알아내야 하는 거 아니야? 그건 그들이 해야 할 일 아니야?"

"그렇긴 해. 하지만 그들을 믿고 맡길 수 없어. 냄새를 못 맡을 수도 있거든. 그러면 영 재미가 없잖아. 모두들 우리를 믿고 있는 데다 아무 눈치도 못 채고 있어. 우리가 일러주지 않으면 우리 일을 방해할 중요한 인물들이 등장할 수 없다고. 그러면 지금까지의 노력이 헛수고가 되는 거야. 이 일은 이도저도 아닌, 그저 보잘것없는 일이 되어버린다니까."

"톰, 나는 차라리 그렇게 되었으면 좋겠는데."

톰이 불쾌한 표정을 짓자 나는 얼른 말했어요.

"아냐, 불평하지 않을게. 너한테 좋은 건 나한테도 좋아. 그런데 그 몸종 역할은 누가 맡지?"

"네가 그 역할을 해. 한밤중에 혼혈 계집애 옷을 몰래 훔쳐내는 거야."

"하지만 난리가 날걸. 그 계집애는 옷이 한 벌뿐일 텐데."

"누가 그걸 모르니? 그 옷을 입고 익명의 편지를 앞문에 밀어 넣을 때까지 15분 정도만 입고 있는 거야. 그다음에 살짝 갖다 놓으면 되잖아."

나는 아무도 보는 사람이 없을 텐데 굳이 몸종 옷을 입어야 하는 이유를 알 수 없었어요. 내 옷을 입고 그 일을 하더라도 마찬가지 아닌가요? 하지만 나는 아무 말도 하지 않았어요. 대신 궁금한 것을 물어보았지요.

"그럼 짐의 엄마 역할은 누가 할 건데?"

"그건 내가 할 거야."

"그럼 너는 남아 있어야겠네."

"아냐, 난 짐의 옷에다 밀짚을 잔뜩 넣은 다음 침대 위에 눕혀 놓고 짐의 어머니처럼 만들 거야. 짐이 내가 입고 있던 샐리이모 옷을 빼앗아서 자기가 입는 거고. 그런 뒤에 우리 모두 함께 탈출하는 거야. 유명한 죄수가 도망칠 때는 도망이라고 하지 않고 탈출이라고 하는 거야. '영광의 탈출' 비슷한 거지."

톰은 곧바로 익명의 편지를 썼어요. 나는 그날 밤 혼혈 계집애 옷을 훔쳐 입고 톰이 써준 편지를 앞문 밑에 밀어 넣었어요. 편지에는 이렇게 적혀 있었어요.

조심할 것. 곤란한 일이 일어나고 있다. 엄중히 경계할 것.
익명의 누군가로부터

이튿날 밤 톰은 두개골과 그 밑에 대퇴골을 교차시킨 무시무시한 그림을 그렸고 그것을 앞문에 붙였어요. 그리고 다음 날 밤에는 관(棺) 그림을 뒷문에 붙였고요.

펠프스 집안의 온 가족은 그야말로 공포의 도가니에 휩싸였어요. 온 집 안에 유령이 들끓는 집에 살고 있더라도 이 집 식구들처럼 무서워하지는 않았을 거예요. 문이 닫히는 소리에도 샐리 아줌마는 "에구머니!"라고 소리 지르며 엉덩방아를 찧었고 무심코 무언가 몸에 닿기만 해도 소스라치게 놀랐어요. 아줌마는 잠을 자러 가는 것도 무서워했고 그렇다고 깨어 있다고 해서 나을 것도 없었어요. 이를 보고 톰은 일이 잘 되어간다고 했어요. 모든 일이 순조롭게 잘 진행되고 있다는 증거라고 했지요.

톰은 "그래, 이제 정면 대결할 때야"라며 입술을 깨물었어요. 그다음 날 아침에 톰은 또 한 장의 편지를 썼어요. 그런 뒤 이 편지를 어떻게 처리할지 곰곰 궁리를 했어요. 펠프스 부부가 앞문과 뒷문에 검둥이 보초를 세워둔 때문이었어요. 톰은 피뢰침을 타고 내려가 주변을 살펴본 다음 잠들어 있는 뒷문 보초의 목덜미에 편지를 꽂아놓고 돌아왔어요. 이번 편지는 지난 편지보다 훨씬 길었어요.

나를 배신하지 마라. 나는 귀하의 친구가 되길 원한다. 저 멀리 인디언 영토에서 온 무시무시한 살인자 무리들이 오늘 밤 귀하가 붙잡고 있는 검둥이를 훔쳐내려 한다. 그들은 귀하가 겁을 먹고 집 안에 틀어박혀, 그들이 하는 일을 방해하지 않게 하려고 협박 편지를 보냈다. 나는 그들과 한 무리였지만 신앙생활을 하게 되면서 그들과 결별하고 올바른 삶을 살기로 결심했기에 그들의 흉악한 계획을 폭로하려 한다.

놈들은 오늘 자정 무렵 검둥이를 훔쳐낼 계획이다. 나는 멀리서 망을 보다가 위험한 일이 벌어지면 호각으로 신호를 보내는 임무를 맡았다. 하지만 나는 놈들이 오두막으로 들어가는 즉시 음매 하고 양 울음소리를 내겠다. 귀하는 그 소리를 듣는 즉시 오두막으로 가서 놈들이 검둥이의 쇠사슬을 푸는 동안 밖에서 문을 잠가 놈들을 안에 가두어 두면 된다.

내가 귀하에게 알려준 일 이외의 행동은 절대 하지 마라. 놈들이 의심을 하게 되면 큰 소동이 벌어질 것이다. 나는 내가 옳은 일을 하고 있다는 것을 아는 것으로 족할 뿐 아무런 보상도 원치 않는다.

익명의 친구로부터

제27장 총격전

　아침 식사 후 우리들은 아주 기분이 좋았어요. 우리들은 도시락을 들고 카누를 타고 강으로 가서 낚시질을 하며 즐겁게 놀았어요. 뗏목이 있는 곳에 가보았더니 얌전히 잘 있었어요. 우리는 저녁 식사 시간이 되어서야 집으로 돌아왔어요.

　집안 식구들은 불안과 공포에 휩싸인 채 안절부절못하고 있었어요. 저녁 식사를 끝내자 이모와 이모부는 우리를 얼른 침실로 내쫓았어요. 대체 무슨 일이 일어났는지에 대해서도, 편지에 대해서도 우리에게는 한 마디도 해주지 않았어요.

　우리는 침실을 향해 절반쯤 올라가다가 아줌마가 등을 돌리자마자 재빨리 지하실로 갔어요. 우리는 멋진 도시락을 만들어서 얼른 방으로 들어와 잠자리에 들었어요. 밤 11시 반쯤 되자 우리는 자리에서 일어났고 톰은 미리 훔쳐둔 샐리 아줌마의 옷으로 갈아입었어요. 우리는 피뢰침을 타고 내려와 오두막을 향해 달려가려 했어요. 그런데 이게 웬일이에요. 거실에 불이 훤히 밝혀져 있는 게 아니겠어요? 우리는 살그머니 안을 들여다보았어요. 맙소사! 많은 사람들이 거실에 모여 있었던 거예요. 열다섯 명이나 되는 농부들이 하나같이 총을 들고 거실에 서서 뭐라고 속삭이고 있었어요. 그들이 나누는 이야기 소리가 잘 들리지는 않았지만 지금 당장이라도 밖에서 매복을 하고 있다가 놈들을 덮치자, 아니다, 음매 소리가 날 때까지 기다리자며 옥신각신하고 있는 것 같았어요.

나는 한시라도 빨리 오두막으로 달려가고 싶었어요. 그런데 톰이 태연하게 속삭이는 게 아니겠어요.

"야, 정말 근사하다. 헉, 우리 거사를 조금 연기하는 게 어때? 그렇게 되면 200명 정도는 금세 모이겠는데."

나는 뒤를 자꾸 돌아보는 톰을 재촉해서 오두막으로 갔어요. 톰이 짐에게 샐리 이모의 옷을 입히자 모든 준비가 다 된 셈이었어요. 톰이 "자, 이제 나가서 음매 소리를 해볼까?"라고 말하는 순간 오두막 문 쪽으로 다가오는 사람들의 발소리가 들리더니 곧이어 자물쇠를 만지는 소리가 들렸어요. 이어서 누군가 말했어요.

"너무 일찍 온 거 같다니까. 아직 놈들이 안 왔다고. 자, 봐. 문이 잠겨 있잖아. 우리 이렇게 하지, 자물쇠를 따줄 테니 몇 명이 안에 들어가 숨어 있도록 해. 놈들을 기다리고 있다가 들어오자마자 죽여버리란 말이야. 나머지 사람들은 흩어져 숨어서 놈들이 오는지 살펴보는 거야."

곧이어 그들이 안으로 들어왔어요. 하지만 어두워서 우리를 볼 수는 없었어요. 우리는 재빨리 침대 밑으로 기어들어갔어요. 하마터면 누군가의 발에 밟힐 뻔해서 얼마나 조마조마 했는지 몰라요.

우리는 톰의 지시에 의해 제일 먼저 짐이, 그다음에 내가, 제일 마지막으로 톰이 빠져 나왔어요. 우리는 오두막과 맞닿아 있는 헛간에 숨어 동정을 살폈어요. 잠시 후 발소리가 멀어지는 것 같아 우리들은 숨을 죽인 채 일렬종대로 울타리를 향해 살금살금 기어갔어요. 짐과 나는 무사히 울타리를 넘었지만 톰의 바짓가랑이가 맨 위쪽 횡목에 걸려 좀처럼 빠지지 않았어요. 바로 그때 발자국 소리가 들렸어요. 억지로 바지를 잡아당기다가 그만 울타리 나무 조각이 부서지면서 뚝 하는 소리가 났어요. 톰이 밖으로 뛰어내려 우리를 향해 달려오는 순간 누군가 외쳤어요.

"누구냐! 대답하지 않으면 쏜다!"

하지만 우리들이 대답할 리 없었지요. 우리들은 걸음아 날 살려라 도망쳤어요. 그러자 사람들이 우르르 달려 나오더니 총을 쏘기 시작했어요. 총알이 쏑쏑 하며 귓전을 스쳤어요. 그리고 뒤에서 외침 소리가 들렸어요.

"놈들이 저기 있다! 강 쪽으로 도망가고 있다! 어서 개를 풀어라!"

그들은 전속력으로 우리들을 따라왔어요. 우리는 덤불에 숨어 있다가 그들을 먼저 보내고 나서 그 뒤를 따라갔어요. 그때까지 그들은 아직 개들을 풀어놓지 않고 있었어요. 강도들이 개들에게 겁을 먹고 도망가는 일이 없게 하려고 매어둔 거였지요. 드디어 누군가가 개를 풀어놓았어요. 개들은 마치 몇 백만 마리라도 되는 듯 요란하게 짖어대며 달려왔어요. 하지만 그 개들은 우리 집 개들이었어요. 우리들은 개들이 가까이 올 때까지 가만히 있었어요. 개들은 우리를 발견하자 꼬리를 흔들며 반가워하더니 다시 사람들이 있는 곳을 향하여 앞쪽으로 달려 나갔어요.

우리들은 곧장 강 상류 쪽을 향해 달려갔어요. 이어서 덤불

속을 기어 카누를 묶어둔 곳으로 와서는 카누에 올라 열심히 노를 저었어요. 잠시 뒤 우리는 느긋한 기분으로 뗏목을 묶어둔 곳을 향해 노를 저었어요. 사람들과 개소리가 점점 멀어진 때문이었지요. 이윽고 그 소리가 들리지 않게 되자 내가 짐에게 말했어요.

"짐, 이제 짐은 다시 자유롭게 되었어. 이제 다시는 노예가 되는 일은 없을 거야."

"헉, 정말 멋졌구만. 계획이랑 실행이랑 다 멋졌당께. 이보다 더 복잡하고 멋진 계획을 세울 사람은 없을 거구만."

우리들은 너무 기뻤어요. 하지만 그 누구보다 기뻐한 것은 바로 톰이었어요. 장딴지에 총을 맞은 때문이었지요. 하지만 그 이야기를 듣고 나와 짐은 조금 전처럼 신이 나지 않았어요. 톰이 무척 아파하는 데다가 피를 흘리고 있던 때문이었어요. 우리는 톰을 뗏목 위 오두막 안에 눕히고 그 안에 남아 있던 공작의 셔츠를 찢어 붕대를 만들었어요.

톰이 말했어요.

"그 붕대를 이리 줘. 내가 혼자 할 수 있으니까. 그렇게 서 있지 마. 우물쭈물할 시간이 없어. 아주 멋진 탈출이었어. 자, 큰 노를 달고 뗏목을 띄워라! 오, 친구들이여! 우리는 얼마나 멋지게 이 일을 해냈는가! 정말로 근사했어. 루이 16세 사건도 우리가 맡아서 했다면 좋았을 것을! 그러면 우리는 루이 16세를 무사히 탈출시켰을 텐데! 정말 쉽게 해치웠을 거야. 자, 어서 노를 잡아라! 노를 저어라!"

하지만 짐과 나는 톰에 관해 이야기를 나눌 수밖에 없었어요. 짐이 말했어요.

"헉, 내가 보기엔 이렇당께. 만일 우리 중 하나가 총에 맞았다면 톰 도련님이 '나만 살면 돼. 의사는 필요 없어'라고 말하것능가? 으림도 없지. 그럴 리 읍당께. 그러면 나, 이 짐은 우째 말해야 한당가? 나는 의사 없이는 여그서 한 걸음도 옮길 수 없다고 말해야 것구만. 사십 년이 걸리더라도 그럴 거구만."

나는 짐의 마음이 눈처럼 희다는 것을 알고 있었기에 반드시 그런 말이 나오리라고 예상하고 있었어요. 나는 톰에게 의사를 부르러 갔다 오겠다고 했어요. 당연히 톰은 펄펄 뛰었지만 이번에는 나와 짐을 꺾지 못했어요. 결국 톰은 양보를 하고 이렇게 말했어요.

"좋아, 정 가야만 한다면 어떻게 해야 할지 내가 가르쳐줄게. 의사에게 단단히 눈가리개를 한 다음 침묵을 지키겠다는 맹세를 받아내. 금화가 가득 찬 주머니를 그의 손에 쥐어준 뒤에 어두운 골목을 골라서 데리고 온 다음 카누에 태우라고. 이 뗏목까지 올 때도 섬을 이리저리 돌아서 와야 해. 아, 참, 의사의 몸을 뒤져서 백묵이 없는지 살펴봐. 나중에 이 뗏목을 찾을 수 있도록 뗏목에 표시를 하면 안 되거든."

나는 톰에게 반드시 그렇게 하겠다고 굳게 맹세한 뒤에 그곳을 떠났어요. 짐은 숲속에 숨어 있다가 의사가 떠날 때까지 모습을 드러내지 않기로 했지요.

제28장 귀신이 곡할 일

　의사는 나이가 지긋한 사람이었어요. 마음도 너그럽고 친절해 보이는 노인이었지요. 나는 의사에게 어제 오후 동생과 함께 '스페인섬'에서 사냥을 하다가 그곳에서 발견한 뗏목 위에서 야영을 했다고 말했어요. 그런데 동생이 꿈을 꾸다가 발로 총을 걷어차서 총상을 입었으니 제발 함께 가서 치료를 해달라고 부탁했지요. 그리고 제발 이 일을 비밀로 해달라는 부탁을 잊지 않았어요. 나는 집안사람들을 깜짝 놀라게 하고 싶어서 그런다고 둘러 댔어요.

　의사가 내게 물었어요.

　"네가 누구네 집 아이인데?"

　"저 아래 펠프스네 집이오."

"그런데 어떻게 하다가 총상을 입었다고 했지?"

"꿈을 꾸었어요. 꿈이 동생을 쐈어요."

"거참, 신기한 일도 다 있구나."

나는 의사를 카누가 있는 곳으로 데리고 갔어요. 카누를 본 의사는 저보고 환자에게 혼자 가보겠다며 이곳에서 기다리거나 집으로 돌아가서 집안사람들을 깜짝 놀라게 할 준비나 하라고 말했어요. 카누가 너무 작다는 거였어요. 나는 집으로 돌아가고 싶은 마음은 없다고 말한 뒤 의사에게 뗏목이 있는 곳까지 가는 길을 가르쳐주었어요. 의사는 곧바로 혼자 카누를 타고 출발했어요.

나는 의사가 톰의 다리를 금세 치료하지 못하면 어떻게 하지, 치료가 사나흘 걸리면 어떻게 하지, 라는 걱정을 하다가 목재 더미 사이로 기어들어가 잠이 들었어요. 그런데 잠에서 깨어나 보니 해가 벌써 중천에 떠 있는 게 아니겠어요? 밤새 쿨쿨 잠에 곯아떨어져 있었던 거예요. 나는 의사가 돌아와 있는지 궁금해서 얼른 의사의 집으로 달려갔어요. 그런데 의사가 어젯밤에 나가서 아직 안 돌아왔다는 거예요. 나는 톰의 상처가 심상치 않은 모양이라고 생각하고 헤엄을 쳐서라도 뗏목이 있는 섬으로 가려고 서둘렀어요.

나는 강변을 향해 마구 달렸어요. 그런데 골목 모퉁이를 돌다가 하마터면 사일러스 아저씨의 배를 머리로 들이받을 뻔했어요. 나를 알아본 아저씨가 놀라서 말했어요.

"아니, 톰 아니냐! 도대체 어디 갔던 거냐! 이런 못된 놈 같으니!"

"가긴 어딜 가요. 도망친 검둥이를 찾고 있었지요."

"도대체 어디서 찾고 있었다는 거냐. 이모가 얼마나 걱정하고 있는데."

"걱정하지 않으셔도 돼요. 여러 사람들과 함께 개를 따라가다가 뒤쳐진 거예요. 그런데 강 쪽에서 무슨 소리가 들리는 것 같아 둘이 카누를 타고 강을 건너서까지 찾아봤지만 찾을 수 없었어요. 우리는 돌아와 카누를 강변에 매어 놓은 다음 너무 지쳐서 잠을 자고 말았어요. 잠에서 깬 뒤에 시드는 무슨 소식이 없나 하고 우체국으로 갔어요. 나는 먹을 것을 좀 얻어 볼까 하고 헤어졌고요. 둘이 우체국에서 만나서 함께 돌아가기로 했어요."

사일러스 아저씨와 나는 시드, 아니 톰을 찾으러 우체국으로 갔어요. 툴톤 봄이 거기 있을 리 없었지요. 아저씨는 우체국에서 편지를 한 통 받았고, 우리는 함께 집으로 돌아왔어요.

집으로 돌아가자 샐리 이모는 울고 웃으며 나를 껴안더니 나를 때렸지만, 순전히 샐리 이모 식이어서 하나도 아프지 않았어요. 집 안에는 농부들과 부인들로 법석을 이루고 있었어요. 부인들은 잠시도 쉬지 않고 입을 놀려댔는데 그중에서도 노처녀인 호스키스 할머니가 제일 심했어요. 노파는 이렇게 말했어요.

"이봐, 펠프스 아우님, 그 검둥이 녀석은 미친 게 틀림없어요. 내가 오두막을 샅샅이 뒤져봤다니까. 아무리 봐도 미쳤다고 할 수밖에 없어. 아니 그 숫돌은 다 뭐야? 정신 나간 놈이 아니면 그 숫돌에 누가 그런 이상한 그림을 그리고 글을 써놓는단 말이야. 뭐, 가슴이 터졌느니, 여기서 37년을 보냈느니, 뭐, 루이 거시기 사생아? 무슨 씨알머리도 안 먹힐 소리를 써놓은 건지, 원."

그러자 다른 할머니 한 명이 맞장구를 쳤어요

"글쎄, 그 헝겊으로 만든 사다리는 또 뭐고요. 게다가 침대 다리를 잘라놓고, 무슨 밀짚으로 사람을 만들어놓고. 어쨌든 한 두 명이 한 짓이 아니야. 누군가 도와준 게 분명해."

그러자 이번에는 샐리 이모가 나서서 말했어요.

"맞아요. 그리고 그놈들이 우리 집 안에 숨어 있었던 게 분명해요. 아, 글쎄, 뭐든 닥치는 대로 훔쳐 내더란 말이에요. 빨랫줄에 걸어둔 셔츠도 없어졌고, 그 밧줄 사다리도 글쎄, 이불깃을 훔쳐다 만든 거라니까요. 밀가루니, 양초니, 촛대랑, 숟가락이랑 훔쳐간 게 한두 가지가 아니에요. 나랑 애들 아빠랑 톰이랑 시드가 그렇게 밤낮 가리지 않고 감시를 하고 있었는데 그림자도 보이지 않았어요. 게다가 사내들 열여섯 명이랑 개가 스무 마리나 뒤를 쫓았는데 감쪽같이 사라져버리다니! 정말 귀신이 곡할 일 아니겠어요! 우리 집 개들이 어떤 개들인데 냄새도 못 맡다니! 대체 어떻게 된 일인지 누구 설명 좀 해봐요.”

하지만 그 자리에 있던 사람들 중에서 설명을 해줄 수 있는 사람은 나밖에 없었어요. 물론 나는 설명을 해주지 않았지요.

농부들과 동네 아줌마들이 모두 돌아가고 다시 밤이 되었지만 시드는 돌아오지 않았어요. 도중에 사일러스 아저씨가 시드를 찾아보겠다며 밖으로 나갔다가 돌아왔지만 물론 허탕이었어요. 아줌마와 아저씨는 걱정이 태산 같았어요.

밤이 되자 아줌마는 나를 위층 침실로 데려가서 침대에 눕혔어요. 아줌마는 내게 직접 이불을 덮어주며 마치 엄마처럼 나를 돌봐주었어요. 나는 아줌마 얼굴을 똑바로 바라볼 수가 없었어요. 내가 정말 나쁜 놈 같았던 거예요. 아줌마는 아주 오랫동안 침대 곁에 앉아 시드 걱정을 했어요. 내가 시드는 괜찮을 거라고, 아침이 되면 꼭 돌아올 거라고 했더니 아줌마는 내 손을 꼭 쥐고 입을 맞추더니 다시 한번 말해보라고, 그 말을 들으니 안심이 된다고 말하며 눈물을 흘렸어요.

아줌마는 방을 나가려고 자리에서 일어나며 나를 부드러운 눈길로 그윽하게 바라보며 말했어요.

"톰, 문에 열쇠를 채우지 않을게. 피뢰침도 그대로고 창문도 그대로야. 하지만 톰, 너는 착한 애지? 어디 안 갈 거지? 얘야, 제발 나를 생각해서라도……."

실은 톰이 어떤지 너무 궁금해서 나는 곧장 밖으로 나가볼 생각을 하고 있었어요. 하지만 아줌마 말을 듣고 나니 이 세상을 다 준다 해도 차마 그럴 수 없었어요.

아줌마 일도 마음에 걸리고 톰의 일도 마음에 걸리는 통에 나는 잠을 이루지 못했어요. 밤중에 두 번이나 피뢰침을 타고 내려와 몰래 집 앞쪽으로 돌아가 보았더니 아줌마는 창가에 촛불을 켜놓은 채 눈물을 글썽이며 한길 쪽을 내다보고 있었어요. 나는 아줌마를 위해 뭔가 해주고 싶었지만 정작 해줄 수 있는 건 아무것도 없었어요. 새벽녘에 눈을 뜨고 세 번째로 내려가보니 아줌마는 여전히 그곳에 있었어요. 양초는 거의 다 닳아 있었고 아줌마는 희끗희끗한 머리를 손으로 받친 채 잠들어 있었어요.

제29장 모든 것이 밝혀지다

아침 식사 전에 사일러스 아저씨는 다시 한번 마을로 나가보았어요. 하지만 톰의 행방은 여전히 묘연했어요. 아줌마와 아저씨는 식탁에 앉아서도 음식에 손 하나 까딱하지 않았어요. 그런데 아저씨가 갑자기 생각이 난 듯 아줌마에게 말했어요.

"잠깐, 내가 당신에게 그 편지를 주었던가?"

"무슨 편지 말이에요?"

"어제 우체국에 가보니 와 있더라고."

"아뇨, 아무 편지도 안 줬어요."

"아, 내가 깜빡한 모양이로군."

아저씨는 호주머니를 여기저기 뒤지더니 편지를 한 통 꺼내어 아줌마에게 주었어요.

"어머나, 세인트피터즈버그에서 온 편지네요. 언니가 보낸 거예요."

나는 손가락 하나 까딱할 수 없었어요. 그런데 아줌마는 편지를 뜯으려다 말고, 갑자기 편지를 바닥에 떨어뜨리고는 밖으로 달려 나갔어요. 뭔가 눈에 들어온 거지요. 나도 보았어요. 바로 매트리스 위에 누워 있는 톰 소여였어요. 의사가 뒤를 따르고 있었고 여자 옷을 입은 채 두 손을 뒤로 결박당한 짐이 걸어 오고 있었어요. 그 뒤를 많은 사람들이 따라오고 있었고요. 나는 편지를 우선 눈에 들어오는 곳 아무 데나 감춘 뒤에 달려 나갔어요. 아줌마는 울면서 톰에게 몸을 던지며 말했어요.

"아이고, 우리 시드가! 우리 시드가 죽었어! 아이고, 시드야!"

그러자 톰이 몸을 움직이며 뭐라고 말했어요. 그러자 아줌마가 두 손을 번쩍 쳐들고 외쳤어요.

"오, 하느님! 애가 살아 있어요! 하느님, 감사합니다!"

아줌마는 침대를 준비하러 안으로 뛰어가며 검둥이들에게 이것저것 지시하느라 정신이 없었어요. 나도 사람들의 뒤를 따라 안으로 들어갔어요. 무엇보다 사람들이 짐을 어떻게 할 것인지 궁금했거든요.

사람들은 흥분해 있었어요. 그중에는 짐을 목매달아 죽여 본

때를 보여주자고 하는 사람도 있었어요. 다른 검둥이들이 그런 못된 짓을 다시는 못 하게 만들자는 거였어요. 하지만 그렇게 되면 이 검둥이 원주인에게 돈을 물어줘야 할 것 아니냐고 누군가 말하자 그 주장은 수그러들었어요. 나쁜 짓을 한 자를 목매달아야 한다고 길길이 날뛰는 사람들이란 대개 돈을 물어낼 때가 되면 뒤꽁무니를 빼는 사람들이기 마련이거든요.

사람들이 짐에게 욕설을 하고 뺨을 때리기도 했지만 짐은 한마디도 하지 않고 얌전히 있었어요. 사람들은 짐을 다시 그 오두막으로 끌고 가서 이번에는 침대 다리가 아니라 통나무에 박힌 커다란 못에다 붙잡아 매어 놓았어요. 게다가 두 손과 두 다리도 쇠사슬로 결박해버렸어요. 짐을 결박한 뒤에 사람들이 뿔뿔이 흩어지기 시작하자 이제껏 아무 말이 없던 의사가 나서서 사람들을 둘러보며 말했어요.

"저 친구를 너무 심하게 대하지 말아요. 나쁜 검둥이가 아니오. 누군가 돕지 않았으면 나는 총알을 절대로 빼낼 수 없었어요. 저 애 상태가 너무 나빠서 누군가를 부르러 갈 형편도 아니었소. 게다가 저 애는 가까이 오지 말라고 소리를 지르지 않나, 백묵 표시를 하면 죽여버리겠다고 하지를 않나, 이상한 헛소리를 하는 겁니다. 내가 어쩔 줄 몰라 하고 있는데 어디선가 저 검둥이가 나타났소. 그리고 나를 도와준 거요. 난 이 검둥이처럼 훌륭한 간호인을 이제껏 본 적이 없소. 자신의 자유를 빼앗길 걱정은 조금도 않은 채 기진맥진할 때까지 나를 도운 것이오. 난 이 친구가 좋아졌소. 이런 친구라면 친절한 대우를 받을 가치가 충분히 있소. 어쨌든 나는 오늘 새벽녘까지 저 검둥이와 함께 그곳에 있었소. 마침 쪽배가 지나갔고, 그때 저 검둥이는 머리를 무릎에 박고 잠을 자고 있었소. 쪽배에 타고 있던 사람들이 저 검둥이를 묶었고 우리는 이렇게 돌아오게 된 거라오. 저 검둥이는 한 마디 말도 없었고 소동도 부리지 않았소. 저 친구는 절대로 나쁜 검둥이가 아니오. 적어도 내가 보기에는 그렇소."

의사의 말을 듣고 사람들은 앞으로 짐에게 절대로 욕설을 퍼붓지 않겠다고 약속했어요. 나는 샐리 아줌마가 모든 게 어떻게 된 일인지 당장 내게 물으면 어쩌나 걱정이 태산 같았어요. 하지만 그날은 무사히 넘어갔어요. 아줌마랑 아저씨가 톰을 돌보느라 정신이 없던 덕분이었어요.

이튿날 아침 나는 샐리 아줌마와 함께 톰 곁에 앉아 있었어요. 톰이 눈을 뜨기를 기다리고 있던 거였지요. 이윽고 톰이 몸을 꿈틀거리더니 눈을 뜨고 주위를 둘러보고 말했어요.

"아니, 어떻게! 내가 지금 집에! 어떻게 된 거지? 뗏목은?"

"걱정하지 마." 내가 말했어요.

"짐은?"

"짐도 괜찮아." 내 말에는 힘이 없었지만 톰은 알아차린 것 같지 않았어요. 톰이 다시 말했어요.

"좋았어! 대단해! 우리가 모두 괜찮단 말이지! 이모에게 말했어?"

내가 대답하려는데 샐리 아줌마가 먼저 물었어요.

"시드, 뭘 말이냐?"

"뭐긴 뭐예요. 우리가 모든 걸 어떻게 해냈는지 말이지요."

"모든 거라니?"

"모든 거 말이에요. 실은 딱 한 가지 일. 나하고 톰하고 검둥이를 자유롭게 해주려고 한 일 말이에요."

"맙소사, 검둥이를 자유롭게 해주다니! 애가 지금 무슨 말을 하고 있는 거니? 애야, 애야, 정신 차려라. 너, 또 이상해진 거니?"

"아뇨, 이모. 난 멀쩡해요. 내가 무슨 말을 하고 있는지 다 알고 있는걸요. 나하고 톰이 그 검둥이를 자유롭게 만들었단 말이에요. 얼마나 멋지게 계획을 짜고 실행에 옮겼는데요."

이어서 톰은 그간 했던 일을 모두 떠들어댔어요. 사뭇 신이 나 있었지요. 그러고는 마지막으로 이렇게 말했어요.

"어때요, 이모! 이걸 모두 우리들 힘으로 해냈단 말이에요. 대단하지 않아요, 이모?"

"아니, 이런 이야기는 난생 처음 듣는다! 그럼 온통 이런 소란을 피워 사람들 마음을 졸이고 죽을 지경으로 만든 게 너희들이란 말이냐! 나는 그것도 모르고! 암튼 너희들 단단히 혼날 줄 알아라! 지금은 시드, 네가 아프니까 놔두지만 낫기만 하면 경을 쳐줄 거다."

샐리 아줌마가 그런 말을 하는 동안에도 톰은 혀를 가만히 두지 못했어요. 두 사람은 마치 고양이가 서로 가르랑거리듯 목청을 돋우었어요. 아줌마가 결국 엄포를 놓았어요.

"그래, 지금은 실컷 즐거워하려무나. 하지만 명심해! 다시 한 번 그놈 일에 쓸데없이 끼어들었다가는……."

"누구 일에 끼어든다는 거예요?"

"누구긴 누구야. 당연히 그 도망친 검둥이 이야기지. 그놈 말고 누가 있어?"

그러자 톰이 심각한 얼굴로 나를 바라보며 말했어요.

"톰, 너 조금 전에 괜찮다고 했잖아. 도망가지 못했단 말이야?"

"누가? 그놈이 도망을 쳐? 어림도 없지. 얌전히 붙잡아다가 다시 오두막에 가두어두었지. 주인이 나타나거나 팔아버릴 때까지 쇠사슬로 꽁꽁 묶어둘 거야."

톰은 침대에서 벌떡 일어나 앉았어요. 두 눈이 이글거리고 있었고 마치 물고기 아가미처럼 콧구멍을 벌렁거렸어요. 톰이 내게 외쳤어요.

"아무에게도 짐을 가둘 권리는 없어! 어서 가봐! 당장 가보라니까! 어서 풀어줘! 짐은 노예가 아니야. 지구 위를 걸어 다니는 그 어떤 생명체와 마찬가지로 자유로운 몸이란 말이야!"

그러자 샐리 아줌마가 이상하다는 눈초리로 말했어요.

"아니, 얘가 무슨 소리를 하고 있는 거니?"

"이모, 내 말 그대로예요. 아무도 안 간다면 내가 갈 거예요. 왓슨 아줌마가 두 달 전에 세상을 떠났는데 짐을 강 하류 마을에 팔려 했던 게 부끄럽다고 했어요. 그러면서 짐을 노예에서 해방시켜준다고 말했어요."

"아니, 그렇다면 왜 짐을 풀어주려고 그렇게 애를 쓴 거니? 이미 자유의 몸이라면서?"

"나 참, 이모는 역시 여자라니까. 그냥 풀어주면 무슨 재미가 있어요? 모험을 해야지. 모험을 할 얼마나 좋은 기횐데! 피바다에 잠긴 채 목만 둥둥 내놓고! 어, 폴리 이모!"

아, 놀랍게도 폴리 아줌마가 아주 기분 좋은 천사 같은 표정으로, 문 안쪽에 서 있는 게 아니겠어요!

샐리 아줌마가 폴리 아줌마에게 달려들어 마치 머리가 몸에서 떨어져나갈 것처럼 꼭 껴안고는 마구 울었어요. 덕분에 나는 침대 밑으로 기어들어가 숨을 충분한 기회를 얻을 수 있었어요. 사태가 내게 불리하게 돌아가는 것 같았거든요. 나는 침대 밑에서 빠끔히 고개를 내밀고 밖을 엿보았지요. 샐리 아줌마 품에서 빠져나온 폴리 아줌마가 안경 너머로 톰을 바라보았어요. 마치 톰을 땅속에라도 묻어버릴 것 같은 눈길이었어요. 이윽고 아줌마가 말했어요.

"어떻게 그렇게 빤히 쳐다보니? 그놈의 고개를 옆으로 돌리지 않고. 톰, 내가 너라면 그렇게 뻔뻔스럽게 바라보진 못하겠다!"

그러자 샐리 이모가 외쳤어요.

"어머나! 언니, 그사이에 애가 그렇게도 변했어? 얘는 톰이 아니라 시드예요. 톰, 톰! 아니, 애가 어딜 갔나? 방금 전까지만 해도 여기 있었는데."

"헉 핀이 어디 있느냐는 말이겠지. 네가 말하는 건 헉이야! 내가 이 장난꾸러기를 얼마나 오랫동안 키웠는데 얘를 알아보지도 못하겠어? 말도 안 되지! 헉 핀! 어서 침대 밑에서 나오지 못해!"

나는 아줌마 말대로 했어요. 물론 잔뜩 풀이 죽어 있었지요. 나는 샐리 아줌마처럼, 저렇게 어리둥절하다 못해 마치 넋이 나간 것 같은 표정을 짓고 있는 사람은 본 적이 없어요. 아니, 금세 한 사람 또 생겼네요. 바로 사일러스 아저씨예요. 아줌마들로부터 자초지종 이야기를 들은 아저씨도 똑같이 넋이 나간 거예요. 아저씨는 그날 오후 내내 마치 술에 취한 사람처럼 자기가 무엇을 하고 있는지도 모른 채 그저 멍하게 지냈어요. 그날 저녁 아저씨가 기도회에서 한 설교는 엄청나게 유명해졌어요. 이 세상에서 가장 나이를 많이 먹은 노인이라도 알아들을 수 없을 설교였거든요.

폴리 아줌마는 샐리 아줌마에게 내가 누구인지 낱낱이 설명해주었어요. 나도 입을 열었어요. 나는 우선 펠프스 부인(샐리 아줌마)이 나를 톰 소여로 착각했을 때 내가 얼마나 당황했었는지 하는 말부터 시작했어요. 그러자 펠프스 부인이 끼어들며 말했어요.

"얘야, 나를 그냥 샐리 이모라고 불러라. 이제 익숙해졌으니 굳이 바꿀 필요 없다."

나는 샐리 이모가 나를 톰으로 착각했을 때 그냥 그대로 내버려 두기로 작정했다고, 달리 뾰족한 수가 없었고, 모험이라면 사족을 못 쓰는 톰도 별로 개의치 않으리라 생각했다고 말했어요. 그리고 톰을 만났을 때 톰이 선선히 시드 역할을 하겠다고 해서 안심했다고 말했어요.

폴리 아줌마는 왓슨 아줌마가 유언으로 짐을 노예 신분에서 벗어나게 해준 게 사실이라고 했어요. 말하자면 톰은 자유로운 검둥이를 자유롭게 해주기 위해 그토록 힘들고 귀찮은 일을 한 거지요. 그제야 나는 그런 좋은 집안에서 자란 톰이 짐을 자유롭게 해주려는 나를 왜 도우려 했는지 이해가 됐어요.

폴리 아줌마는 아줌마가 이곳에 온 이유를 샐리 아줌마에게 설명했어요. 시드도 무사히 도착했다는 샐리 아줌마 편지를 받고 폴리 아줌마는 생각했대요.

'내, 그럴 줄 알았지. 그놈을 감독할 사람을 딸려 보내지 않았더니 그새 일을 저질렀구나. 당장 2,000킬로미터나 되는 길을 달려가서 대체 무슨 일이 일어난 건지 알아봐야지. 무슨 일이냐고 동생에게 편지를 보냈지만 답장도 없으니.'

그러자 샐리 아줌마가 말했어요.

"언니, 나, 언니 편지 받은 거 없는데."

"그게 무슨 소리야? 시드가 와 있다는 게 대체 무슨 소리냐고 두 번이나 편지를 보냈는데!"

"언니, 한 통도 안 받았어."

폴리 아줌마는 엄한 표정으로 천천히 톰을 향해 고개를 돌렸어요.

"이놈, 톰!"

"뭔데요? 왜요?" 톰은 시치미를 떼며 말했어요. "무슨 편지 말인데요?"

"무슨 편지? 당장 내놓지 못해!"

그제야 톰이 실토했어요.

"가방 속에 있어요. 우체국에서 찾아왔을 때 모습 그대로 있어요. 손도 대지 않았다고요. 그냥 좀 문제가 생길 것 같아서……, 뭐 별로 급한 편지도 아니잖아요."

"요놈, 단단히 혼을 내줘야겠다. 암, 경을 쳐줘야 해! 내가 내려오겠다는 편지를 또 한 통 보냈는데, 그것도 네 녀석이……."

그러자 샐리 아줌마가 말했어요.

"아냐, 언니. 그 편지는 어제 왔어. 아직 읽지는 않았지만 그 편지는 무사해요. 그 편지는 받았어요. 내가 갖고 있어요."

나는 샐리 아줌마가 그 편지를 갖고 있지 않다는 쪽에 2달러 내기라고 걸고 싶었지만 그러지 않는 게 안전하다는 생각에 입을 꾹 다물고 얌전히 있었어요.

제30장 마지막 장, 새로운 모험을 찾아

톰과 단둘이 있게 되자 나는 톰에게 우리들이 도망가서 어떻게 할 작정이었냐고 물었어요. 이미 자유의 몸인 짐을 자유롭게 해준 다음에 어떻게 할 계획이었는지 물은 거지요. 그러자 톰은 머릿속에 가지고 있던 계획을 말해주었어요.

짐을 뗏목에 태워 강 하류로 내려간 다음 짐에게 자유의 몸이 되었음을 알린다, 그다음에는 기선을 타고 정정당당하게 고향으로 돌아간다, 짐에게 이제까지 수고한 데 대한 수고비를 준다, 또한 짐의 고향에 미리 편지를 써서 일대의 검둥이들이 환영 나오게 한다, 짐은 횃불 행렬과 악대의 환영을 받으며 고향으로 돌아간다, 이것이 톰의 계획이었어요. 그렇게 되면 짐은 영웅이 될 것이며 우리도 그렇게 되리라는 것이었지요. 하지만 지금 이 상태로도 나름 잘된 셈이라고 나는 생각했어요.

우리는 곧바로 짐의 쇠사슬을 풀어주었어요. 짐이 의사를 도와 정성껏 톰을 간호했음을 알게 된 폴리 아줌마와 샐리 아줌마, 그리고 사일러스 아저씨는 짐에게 잘해주지 못해 안달이었어요. 짐을 극진히 대접하면서 멋진 옷도 입히고 먹고 싶다는 것은 마음껏 먹게 갖다주었고 아무 일도 하지 않고 놀게 해주었어요. 우리는 짐을 톰이 누워 있는 방으로 데려가 실컷 이야기를 나누었어요. 톰은 짐에게 그토록 힘든 죄수 역할을 잘 수행해준 대가로 짐에게 40달러를 주었어요. 짐은 까무러칠 정도로 기뻐하더니 갑자기 생각이 났다는 듯 말했어요.

"헉, 나가 뭐라 했능감. 그 잭슨섬에서 한 말 말이여. 내 가슴팍에 털이 있응께 좋은 일이 있을 거라 하지 않았능감. 내가 부자가 될 팔자라고 하지 않았능감. 헌디, 고로콤 되지 않았는감. 바로 지금 말이제. 딴 소리 말랑게. 징조는 징존께. 나가 요렇게 서 있는 것처럼 분명히 부자가 될 걸 알고 있었지라."

그 뒤에도 톰은 쉬지 않고 말하고 또 말을 했어요. 미리 장비를 준비한 다음 언젠가 밤에 셋이 몰래 탈출해서 한 2~3주 쯤 인디언 부락에서 인디언들과 한바탕 신나는 모험을 해보면 어떻겠느냐는 거였지요. 나는 좋다고, 마음에 쏙 든다고 말했어요. 하지만 나는 장비를 살 돈도 없고 고향에서 돈을 부쳐올 수도 없을 거라고 말했어요. 지금쯤 아빠가 돌아왔을 테고 새처 판사에게서 돈을 다 받아내서 모두 술값으로 써버렸을 거라면서요.

그러자 톰이 말했어요.

"아냐, 그렇지 않아. 그 돈은 고스란히 남아 있어. 6,000달러가 넘어. 네 아빠는 그 뒤로 한 번도 돌아오지 않았어. 어쨌든 내가 떠나올 때까지는 돌아오지 않았어."

톰의 말이 끝나자 짐이 약간은 엄숙하게 말했어요.

"헉, 그 양반은 이제 돌아오지 않제."

내가 물었어요.

"왜? 왜 돌아오지 않는다는 거야?"

"그냥, 그려. 암튼 돌아오지 않는당께."

내가 자꾸 따져 묻자 마침내 짐이 말했어요.

"헉, 생각나는감? 강을 따라 흘러온 통나무집 말이여. 그 안에 뭔가로 덮어놓은 사람 하나 있었제? 내가 안으로 들어가서 들춰보고 헉에게 얼굴을 보지 말라 하지 않앙능감. 깅께 말인디, 헉은 그 돈 을마든지 갖다 쓸 수 있당께. 그 사람이 헉 아빠였잉께."

이제 톰은 몸이 거의 다 회복되었어요. 톰은 다리에서 뽑아 낸 총알을 쇠줄에 매달아서 시계 대신 목에 걸었어요. 그러고는 늘 지금 몇 시나 되었는지 그 총알을 들여다보곤 했어요.

이제 내게는 더 이상 쓸 이야기가 하나도 없고, 그래서 얼마나 기쁜지 몰라요. 책을 쓴다는 게 이토록 힘든 일인 줄 알았다면 절대로 이 일에 덤벼들지 않았을 거예요. 그리고 더 이상 그러고 싶은 생각도 없어요.

하지만 나는 다른 친구들보다 먼저 인디언 부락으로 떠나야만 하겠다고 생각했어요. 샐리 아줌마가 나를 양자로 삼아 교양 있는 사람으로 키우려 했던 때문이에요. 나는 그건 도저히 참을 수 없거든요. 전에도 이미 겪은 적이 있으니까요.

여러분의 진실한 벗, 허클베리 핀

『허클베리 핀의 모험』을 찾아서

우리는 '이솝 우화'에 나오는 「개미와 베짱이」 이야기를 누구나 알고 있다. 개미는 미래에 대비해서 열심히 일을 한 덕분에 추운 겨울이 왔는데도 따뜻한 집 안에서 안락하게 지낼 수 있게 된다. 하지만 베짱이는 반대다. 여름에 실컷 노래하며 즐기기만 한 결과 겨울이 되자 헐벗고 굶주리게 된다. 내가 초등학교 시절 교과서에서 읽었던 이야기에서는 개미의 집을 찾아와 벌벌 떨며 애원하는 베짱이를 개미가 따뜻하게 맞아들인다. 하지만 원전은 좀 다르다. 베짱이가 찾아와 먹을 것을 구걸하자 개미는 "흥, 여름 내내 노래를 불렀으니 겨울에는 춤이나 실컷 추시지!"라며 문을 쾅 닫아버린다. 어린 학생들에게 개미를 본받으라는 가르침을 주기 위해 교과서에 실린 글이니 개미의 마음씨를 따뜻하게 그려야만 했을 것이다.

「개미와 베짱이」 이야기는 사람이라면 누구나 아주 당연하게 받아들여야만 하는 교훈적인 이야기이다. 사람이라면 누구나 자신의 앞날을 대비해야 하고, 자신이 맞이할 미래에 대해 스스로 책임을 져야 한다. 남들이 땀 뻘뻘 흘리며 열심히 일할 때 실컷 놀기만 했으니 베짱이가 궁핍해지는 건 당연하다. 그건 오로지 베짱이 책임이다. 그런 베짱이에게 "흥, 춤이나 추시지!"라며 문을 쾅 닫아버리는 개미의 행동도 잘못된 행동이 아니다. 아마 속으로는 '내 힘으로 열심히 노력해서 얻은 것을 거저 나눠달라고? 그런 도둑놈 심보가 어디 있어?'라고 생각했을 것이다. 물론 인간적으로 좀 매정해 보이기는 하지만 원칙적으로 틀린 행동은 아니다. 게다가 땀에 대한 보상을 뻔뻔스럽게 공짜로 나눠달라는 베짱이 앞에서 화를 버럭 내는 것도 인간적이긴 마찬가지이다.

그런데 마크 트웨인은 『톰 소여의 모험』과 그 속편격인 『허클베리 핀의 모험』에서 이솝 우화의 「개미와 베짱이」가 주는 교훈을 뒤집어버린다. 그 두 소설의 주인공은 개미가 아니라 베짱이다. 『톰 소여의 모험』이 베짱이를 주인공으로 한 세상의 서막을 열어주었다면 『허클베리 핀의 모험』은 우리를 아예 그 세계에 흠뻑 빠져들게 만든다. 우리를 모두 베짱이가 되어 실컷 놀게 만들어준다.

상식의 눈으로 본다면 톰 소여도, 허클베리 핀도 절대로 본받을 만한 아이들이 아니다. 본보기는커녕 다른 아이들이 가까이 해서는 안 될 위험한 아이들이다. 그 아이들은 한 마디로 악동들이다. 툭하면 학교 수업을 땡땡이치고 남의 물건을 함부로 훔치는가 하면 함부로 욕설을 하고, 담배도 피운다. 그리고 무엇보다 거짓말을 밥 먹듯이 한다. 그런 아이들이 주인공인 소설이니 천진난만한 아이들에게 나쁜 영향을 끼친다는 이유로 여러 번 금서 목록에 오르는 것은 당연한 일이다. 「개미와 베짱이」 이야기를 들려주면서 개미의 길로 인도해야 할 아이들에게 베짱이가 얼마나 신나게 세상을 사는지, 그렇게 사는 게 얼마나 멋진 일인지 보여주며 유혹을 하니 위험하기 짝이 없다.

그런데 나는 『톰 소여의 모험』과 『허클베리 핀의 모험』을 옮기면서 너무 신이 났다. 이 두 작품을 옮기는 일 자체가 너무 재미있었다. 그리고 행복했다. 나이를 충분히 먹었고 세상을 살 만큼 살았다고 볼 수밖에 없는 내 속에 아직 악동이 살아 있는 것 같아서 신기하기도 했다. 이 책들을 옮기면서 나는 정말 오랜만에 실컷 웃고 즐겼다. 그리고 아이들이건 어른이건 그 즐거움과 웃음의 세계로 함께 들어오라고 기꺼이 초대하고 싶어졌다.

악동이라는 표현에서 우리는 어떤 것을 연상할까? 규율에 반항하는 아이? 삶의 의미나 목표를 잃고 방황하는 아이? 어린아이이면서도 세상 돌아가는 이치를 빤히 아는 영악한 아이? 아니다. 적어도 이 작품에 관한 한 악동은 그런 아이와는 거리가 멀다. 허클베리 핀을 보아라. 그가 반항아인가? 그는 영악한가? 아니다. 오히려 바보 같을 정도로 순진하고 순수하다. 그토록 순진하고 순수한 허클베리 핀이 악동인 이유는 딱 한 가지이다. 그 아이가 참을 수 없는 게 한 가지 있고 그것만은 무슨 일이 있어도 피하려 하기 때문이다. 그게 무엇인가? 바로 교양 있는 사람이 되는 것이다. 그는 자신을 양자로 삼아 돌봐주겠다는 왓슨 아줌마로부터 도망가며, 막판에도 자신을 돌봐주려는 샐리 아줌마를 피해 인디언 부락으로 모험의 길을 떠난다.

허클베리 핀에게 모험의 길은 자유의 길이다. 모든 규범에서 벗어난 자유를 찾고 싶어 하는 것, 그게 바로 허클베리 핀의 속성이고, 그 자유가 손짓하는 유혹에 저항하지 못하는 것, 그게 바로 허클베리 핀의 속성이다. 따라서 『허클베리 핀의 모험』은 모든 규범에서 벗어나 자유로운 마음으로 봐야 제맛을 느낄 수 있는 소설이다. 작가가 '이 이야기에서 동기를 찾으려 하는 자는 기소될 것이다. 이 이야기에서 배울 점을 찾으려 하는 자는 추방될 것이다'라고 미리 경고한 것은 그 때문이다. 아무 목적 없이 그냥 있는 그대로 소설을 즐기라고 친절하게 말해준 것과 마찬가지이다.

악동이라는 단어에 덧붙여진 편견을 벗어버리고 허클베리 핀의 진면목을 한번 찬찬히 살펴보자. 세상에 이렇게 순진한 아이도 없다. 허클베리 핀은 정말로 영악한 아이와는 거리가 멀다. 이런 의문이 들지도 모른다. 아니, 거짓말을 밥 먹듯 하는 아이가 순진하다고? 하긴 『허클베리 핀의 모험』 자체가 완전 거짓 잔치이다. 처음부터 끝까지 거짓으로 일관하는 소설이라고 해도 과언이 아니다. 마치 이 세상은 온통 거짓으로 이루어져 있으며 진실보다는 거짓이 이 세상 돌아가는 원칙이라고 말하는 것 같다.

나는 나름대로 곰곰 생각해보았어요. 경험이 없는 나로서는 확실하게 말할 수는 없지만, 궁지에 몰린 나머지 갑자기 진실을 털어놓게 되면 상당한 위험이 뒤따른다고 생각했어요. (……) 그런데 이번 경우는 거짓말을 하는 것보다 진실을 말하는 게 더 안전한 것처럼 보이는 거예요. 나는 이 일을 마음속에 새겨두었다가 나중에 다시 곰곰 생각해보기로 했어요. 그런 건 본 적도 없는 정말 희한한 경우였거든요. 나는 마치 화약통 위에 앉아 내가 어디로 튀어나가는지 보려고 화약에 불을 붙이는 격이었지만 이번에는 위험을 무릅쓰고 진실을 말하기로 결심했어요.

(165~166쪽)

엄청난 비꼼이다. 그러나 역설적이게도 허클베리 핀이 거짓말을 하는 것은 그 애가 순진하기 때문이다. 그 애는 거짓말을 하는 게 진실을 말하는 것보다 안전하다는 것을, 세상을 보고 배운다. 진실을 말하는 게 더 안전하게 보이는 경우란 본 적도 없는 희한한 경우일 뿐이다. 그러니 순진한 허클베리 핀이 거짓말을 하는 것은 너무 당연한 일이다. 구구하게 늘어놓을 것도 없이 허클베리 핀이 거짓말하는 장면들을 다시 한번 상기해보라. 당신의 얼굴을 찌푸리게 한 경우가 있는가? 우리로 하여금 서설로 '세상에, 이런 순진한 거짓말을 하다니'라며 웃음 짓게 만들지 않던가? 그런 그 애가 정말 진지하게 꾀를 부려 사람들을 속인 경우가 있다. 바로 탈출을 위해 일을 꾸밀 때이다.

하지만 그것도 자유를 얻기 위한 절박함에서 나온 꾀일 뿐, 남들에게 피해를 준 것은 없다. 허클베리 핀이 얼마나 순진한 눈을 갖고 있는가 하면 서커스 공연에 등장하는 여배우들은 모두 여왕처럼 보이고 온몸을 온통 다이아몬드로 치장한 것처럼 보일 정도이며 메리 제인이라는 착한 여자는 천사의 영광에 빛나는 존재로 보일 정도이다. 또한 꾀돌이 톰 소여에 비해볼 때도 허클베리 핀은 얼마나 순진한가!

그래서 허클베리 핀의 거짓말은 우리를 분개하게 하거나 혀를 끌끌 차게 하지 않고 우리를 웃음 짓게 만든다. 그 거짓이 늘 장난, 해학과 함께 하기 때문이다. 심지어 '왕'과 '공작'의 사기 행각조차 웃음을 참기 어렵게 만든다.

그렇다.『허클베리 핀의 모험』에는 바로 그 허클베리 핀의 순수함과 자유, 톰 소여의 즐거움의 세계가 화려하게 펼쳐져 있다. 허클베리 핀은 아무 구속도 없는 세상에서 살고 싶어 하며 톰 소여는 이 세상을 온통 놀이동산으로 만들고 싶어 한다.

톰 소여가 이 세상을 얼마나 놀이동산으로 만들고 싶어하는지는 굳이 설명할 필요도 없을 것이다. 이미 자유인이 된 짐을 탈출시키기 위해 톰 소여는 온갖 꾀를 다 낸다. 아니다. 탈출시키기 위해 온갖 꾀를 내는 게 아니다. 탈출을 어렵게 만들기 위해 온갖 꾀를 다 낸다. 짐을 쉽게 탈출시킬 수 있다면 재미가 없기 때문이다. 톰은 한마디로 이렇게 말한다.

"물론 잘되겠지. 하지만 너무 간단해. 아무 재미가 없어."
(211쪽)

그뿐인가. 사실은 짐을 자유인으로 만들어주는 것조차 목표가 될 수 없다. 짐은 이미 자유인이었으니 그 모두 아무짝에도 쓸모없는 짓일 뿐이다. 성과만을 목표로 하고 있는 개미라면 절대 하지 않을 행동이다. 그 쓸모없는 행동을 위해 톰은 온갖 모험을 감수한다. 아니, 위험한 모험을 스스로 만들어낸다. 아무 목적이 없다. 오로지 재미를 위해서이다. 톰 소여는 그렇게 기회만 닿으면 모든 것을 재미있는 놀이로 만들기 위해 사력을 다한다. 목숨까지도 불사할 정도이다. 실제로 톰은 총에 맞아 부상을 입고 사경을 헤매지 않는가? 이 정도면 실컷 놀아보는 게 삶의 유일한 목표라고 해도 무방하다.

우리는 금세 이렇게 생각할 수 있다.

'어떻게 세상을 그렇게 순진하게 살아갈 수 있어? 온갖 거짓과 허위와 영악함이 판을 치는 세상에서 그렇게 순진한 바보로 살아가다보면 이 세상 악에 너무 쉽게 휘둘릴 것 아니야. 혹은 그 악에 쉽게 물들 거 아냐? 그럴수록 두 눈 똑바로 뜨고 남에게 속지 않으려고 애써야 하지 않아? 혹은 이 세상을 올바르게 만들기 위해 힘써야 하는 것 아니야? 게다가 톰이 하는 짓은 도대체 뭐야? 정말 아무짝에도 쓸모없는 고생만 한 거 아니야? 공연히 시간과 노력만 낭비한 것 아니야? 이미 자유인인 짐을 자유인으로 만들어주기 위해 모험을 하다니!'

아주 당연하고 옳은 생각이다. 하지만 허클베리 핀의 순수함은 이 세상 거짓에 물들 위험에 노출되어 있기만 한 게 아니다. 역으로 그 거짓 너머에 숨어 있는 진실을 볼 수 있는 투시력을 가능하게 한다. 이 소설이 주는 재미에 흠뻑 빠져 있다가 정신이 번쩍 들게 만드는 대목이 두 번 나오는데 그중 하나를 먼저 인용해보자.

나는 몸이 부들부들 떨려 왔어요. 나는 기도를 하려 했어요. 지금까지의 못된 아이가 아니라 좀 더 나은 아이가 될 수 있는지 시험해보고 싶었던 거예요. 나는 무릎을 꿇었어요. 하지만 한 마디 말도 할 수 없었어요. 왜냐고요? 하느님께 감추려 해도 소용이 없었기 때문이에요. 그리고 나 자신에게도 감출 수 없었던 때문이에요. 나는 내가 왜 아무 말도 할 수 없는지 잘 알고 있었어요. 나는 올바른 애가 아닌 때문이에요. 나는 겉과 속이 다른 때문이에요. 겉으로는 죄를 포기하는 척하면서도 속으로는 더 큰 죄에 매달려 있던 때문이에요. 입으로는 검둥이 주인에게 검둥이 있는 곳을 알려주겠다고, 옳은 일을 하겠다고 읊조리면서도 마음 한구석으로는 그것이 거짓말이라는 것을 알고 있었던 거예요. 하느님도 그것을 훤히 아시고 계실 텐데 거짓 기도를 드릴 수는 없었어요. (190~191쪽)

간단해 보이는 문장이지만 여러 번 뒤집기를 해야 제대로 이해가 되는 대목이다. 우선 상식적으로 순진하고 착한 허클베리 핀이 있다. 그런 그에게 갈등의 순간이 온다. 그리고 자신이 이제까지 얼마나 나쁜 짓을 저질렀는지 깨닫는다. 허클베리 핀은 노예인 짐을 도망치게 도와주는 일이 얼마나 나쁜 짓인지 아무 생각조차 하지 않았던 자신을 반성한다. 법이나 상식으로 보면 짐을 고발하는 게 착한 짓이고 그가 도망치는 것을 도와주는 것은 나쁜 짓이다. 순진한 허클베리 핀은 그것을 조금도 의심해본 적이 없다.

허클베리 핀은 짐의 주인에게 짐이 있는 곳을 알려주겠다고 결심한 뒤, 이제까지의 나쁜 짓을 반성하고 좋은 아이가 되겠다고 하느님께 기도하려 한다. 그러나 그 아이는 기도하지 못한다. 도저히 거짓말을 할 수 없던 때문이다. 좋은 아이가 되겠다는 거짓말을 할 수 없던 때문이다. 누구를 향해 거짓말을 할 수 없다는 것인가? 바로 하느님과 자기 자신이다. 하느님 앞에서 차마 거짓말은 못하겠다, 차라리 지옥에 떨어지더라도 착한 애는 못 되겠다, 라는 것이 바로 위 대목이 전하는 내용이다. 그렇다면 허클베리 핀을 착한 길로 들어서지 못하게 만든 것은 무엇일까?

> 그런데 생각을 계속하다보니 짐과 함께 강을 따라 내려오던 여행 모습이 떠올랐어요. 짐의 모습이 바로 눈앞에 보이는 것 같았어요. 낮이나 밤이나, 폭풍우가 몰아칠 때도, 달빛이 찬란한 밤에도 우리는 떠들고 노래 부르고 웃어대면서 뗏목을 타고 강을 따라 내려왔어요. 그런데 어찌 된 일인지 짐을 향한 좋지 않은 감정을 품었던 때는 하나도 떠오르지 않고 반대 경우만 떠올랐어요. 밤에 보초를 설 때 내 순서가 되었는데도 깨우지 않고 짐이 계속

보초를 선 일, 안개 속에서 내가 돌아왔을 때 짐이 그토록 반갑게 나를 맞던 일, 나를 귀염둥이라고 부르며 귀여워해주던 일들이 떠올랐어요. 그리고 내가 짐이 천연두에 걸렸다며 백인들을 따돌리자 나를 이 세상에서 하나밖에 없는 가장 귀한 친구라고 말하던 것도 떠올랐어요. (192쪽)

줄여 말한다면 짐과 함께 한 즐거운 경험들, 둘이 함께 재미있게 보낸 시간, 둘이 함께 나눈 정들 때문에 허클베리 핀은 기꺼이 착한 아이가 되는 걸 포기한다. 이 대목에서 허클베리 핀이 착한 아이가 되지 못했다고 안타까워할 사람은 아마 없을 것이다. 오히려 정말 잘했다고 박수치며 공감할 사람이 많을 것이다. 하지만 허클베리 핀은 어느 것이 진짜 옳은 일인지 논리적으로 따져보고 결정한 게 아니다. 하느님 앞에서 거짓말을 못하겠다는 정직함, 짐을 향한 순수한 애정으로 결정한 일이다. 그리고 그 결정이 기존 규범의 틀을 깨고 새로운 규범을 만든다. 성실함과 성으로 내린 그 결정이 노예를 놔주는 것은 죄악이다, 라는 당시 규범의 틀도 깨고, 인간이 인간을 노예로 만드는 것은 죄악이다, 라는 윤리적 규범도 단숨에 넘어선다. 순진성의 학교가 지닌 장점이다.

　조금 지루하겠지만 한 문단 더 인용해보자. 사기꾼인 왕과 공작을 마을 사람들이 냉혹하게 벌을 주는 장면을 보고 난 뒤의 허클베리 핀의 진술이다.

> 그래요, 언제나 그렇게 되는 거예요. 우리가 옳은 일을 하
> 건 나쁜 일을 하건 마찬가지예요. 사람의 양심은 아무런
> 의미도 없어요. 그저 자기에게 유리한 쪽으로 기울게 되
> 어 있어요. 사람의 양심처럼 무분별한 개가 있다면 나는
> 그 개를 잡아 독살할 거예요. 양심이란 놈은 사람의 내장
> 전부를 합친 것보다 더 큰 방을 차지하고 있으면서도 아
> 무 소용도 없는 거예요. 톰 소여도 나랑 똑같은 이야기를
> 했어요. (207~208쪽)

　이 작품에서, 더욱이 허클베리 핀처럼 순진한 아이의 입에서 나왔다고 보기 힘든 무시무시한 진술이다. 허클베리 핀의 순진함 앞에서는 "양심상……" 운운하는 이야기도 꺼내가 힘들다. 그의 순진함이 그 거짓됨을 꿰뚫어보고 있기 때문이다. 순진함은 거짓에 속는 게 아니라 그 거짓됨 너머에서 거짓됨을 깨버

린다. 어린아이의 천진한 눈이 가장 날카롭다는 이야기를 우리는 자주 하지 않는가? 하지만 이 작품을 그렇게 무겁게 읽을 필요는 없다는 말을 꼭 해주고 싶다.

허클베리 핀의 순수함과 자유는 톰 소여의 재미와 결합하면서 거의 완벽해진다. 톰 소여에게 재미는 수단이 아니라 목적 그 자체이다. 즐기는 게 목적 그 자체라니? 나는 이 대목에서 생텍쥐페리의 『어린 왕자』에 나오는 두 가지 일화가 생각난다. 갈증을 없애는 알약을 파는 상인이 그 약을 삼키면 물을 구하고 마시는 데 드는 시간을 절약할 수 있다고 하자 어린 왕자가 '나라면 샘물을 향해 천천히 걸어갈 텐데'라고 하는 대목과, 급행열차에서 코를 골며 자고 있는 사람들을 향해 '그들은 추구하는 게 아무것도 없어. 차창에 코를 쳐 박고 있는 아이들만이 뭘 찾고 있는지 알 수 있을 뿐이야'라고 말하는 대목이다. 우리의 삶의 의미는 그 어떤 목표를 향해 가는 데 있는 것이 아니라 살아가는 과정 그 자체에 있다, 라는 뜻으로 간단히 이해해도 된다.

톰이 세상을 온통 재미있게 만들려고 하는 것은 바로 우리의 삶의 과정 자체가 삶의 목표라고 하는 것과 비슷하다. 어,

하다가 어느새 흘려보낼 수 있는 게 우리의 삶이 아닌가? 그러니, 삶을 좀 재미있게 살아보는 것도 괜찮지 않은가?

우리가 정말로 오로지 개미처럼 산다면 어떨까? 아마 돈을 좀 모으게 될지도 모른다. 출세를 할지도 모른다. 하지만 오로지 그것만이 목표였다면? 단언하지만 분명 허망해질 것이다. 등에 지고 저세상에 갈 것도 아닌 것을! 이라는 생각이 들지도 모른다.

『허클베리 핀의 모험』은 인간에게는 즐길 권리도 있다는 것을 몸으로, 마음으로 느끼게 해주는 작품이다. 인간은 개미처럼만 살 수는 없고 베짱이처럼 살 권리도 있다는 것을 알게 해주는 작품이다. 요즘 창의성과 연관 지어 자주 들리는 '네가 좋아하는 일을 찾아서 해라'라는 충고는 베짱이의 권리 회복과 비슷한 의미를 지닌다. 하지만 인간이 개미처럼만 살 수 없는 것과 마찬가지로 베짱이로만 살 수도 없다. 베짱이처럼 노래만 하면서 돈을 버는 사람도 있긴 하지만 아무나 할 수 있는 게 아니다. 그럼 어떻게 해야 하는가? 나는 졸업을 앞둔 학생들에게 자주 이런 말을 해주곤 했다.

"내가 좋아할 만한 일이 레디메이드 된 채 나를 기다리고 있는 경우란 거의 없다. 내가 좋아하는 일로 만들어주길 기다리는 일들만 있을 뿐이다."

좋아하는 일을 하라는 것은 내가 좋아할 만한 일을 찾으라는 뜻도 되지만 보다 적극적으로는 그 어떤 일이건 좋아하는 일로 만들 준비를 하라는 뜻이다. 내 안에 억눌려 있던 베짱이 본능을 깨우라는 뜻이다. 과감하게 말하자. 세상을 그렇게 즐거움의 대상으로 보면 일이 놀이가 된다. 놀이가 일이 된다. 열심히 일을 하다 보면 그 일이 좋아지고, 좋아지다 보면 몰입해서 열심히 하게 된다. 개미와 베짱이는 그래서 하나이다. 나는 개미와 베짱이 일화를 다음과 같이 바꾸고 싶어진다.

"개미는 열심히 일만 하다 보니 일이 지겨워졌어요. 베짱이는 열심히 노래만 하다 보니 먹을 게 없어졌어요. 그래서 개미와 베짱이는 노래하면서 일을 했어요. 둘 다 즐겁게 살 수 있게 되었답니다."

『허클베리 핀의 모험』은 마치 '놀이 선언'처럼 보인다. 마치 '인간은 놀기 위해 세상에 태어났다'라고 호모 루덴스 선언이라도 하는 것 같다. 나는 그 놀이가 바로 창의성의 기본이라고 슬썩 말하고 싶어진다. 하지만 자제한다. 그 순간 놀이가 훼손되기 때문이다. 순수하게 놀 수 없게 되기 때문이다. 목적이 생기기 때문이다. 놀이가 창의성의 바탕이라고 생각하며 노는 순간, 그 놀이는 놀이가 아닌 게 되어버린다. 놀이가 창의성의 바탕이긴 해도 창의적이 되기 위해서 논다는 생각은 버리는 게 좋다.

어떤가? 베짱이가 한번 되어볼 생각 없는가? 일에서 즐거움을 찾는 베짱이. 일에서 얻을 성과보다 일 자체를 즐길 줄 아는 베짱이. 삶에서 무슨 허황된 목표보다는 삶 자체를 즐길 줄 아는 베짱이. 그런 베짱이가 되어 그냥 한바탕 신나게 놀아보지 않겠는가! 톰과 함께! 허클베리 핀과 함께!

미국의 셰익스피어라 불리는 마크 트웨인은 1835년 미국 미주리주 플로리다에서 치안판사인 존 마셜 클레멘스와 제인 램프턴의 4남 2녀 중 막내로 출생했다. 본명은 새뮤얼 랭혼 클레멘스(Samuel Langhorne Clemens)이며 마크 트웨인은 필명이다.

그가 12살이 되던 1847년 아버지가 사망하자 그는 지방 신문사에서 견습 식자공으로 일한다. 17세 되던 1852년에 보스턴의 주간 신문에 「무단 거주자를 위협한 댄디」라는 콩트를 발표하는 등 그는 젊은 시절부터 소설 창작에 뜻을 둔다. 제대로 된 학교 교육을 받지 못한 그는 주로 공립 도서관에서 닥치는 대로 책을 읽으며 독학으로 지식을 쌓았다.

『허클베리 핀의 모험』을 찾아서

그는 22살 때인 1857년부터 1961년까지 미시시피강 수로 안내인 일을 한다. 당시 월 250달러의 수입이 보장되는 고소득 직장이었다. 어린 시절부터 미시시피강에서 뛰놀던 경험과 수로 안내인 일이 그의 창작에 큰 도움을 주었음은 물론이다. 그는 1867년에 단편집 『캘리베러스군(郡)의 명물, 뛰어오르는 개구리』를 발표했지만 그가 작가로서 명성을 날리게 된 것은 1876년에 내놓은 『톰 소여의 모험』 덕분이며 1884년에 내놓은 『허클베리 핀의 모험』은 그를 위대한 작가의 반열에 올려놓았다.

그는 작품 활동 외에도 제국주의 비판 활동, 여권 신장 운동에도 열심이었으며 노예제도 폐지를 적극 지지했다.

1896년 딸 수지가 뇌막염으로 세상을 떴고 1904년에는 아내가, 1909년에는 딸 진이 세상을 떠났다. 딸들과 아내가 세상을 떠나자 우울증에 시달리던 마크 트웨인은 핼리 혜성이 지구에 근접한 이튿날인 1910년 4월 21일 심장마비로 세상을 떴다. 1835년 핼리 혜성이 지구에 근접했던 시기로부터 2주 후에 태어났으니 핼리 혜성과 함께 세상에 왔다가 핼리 혜성과 함께 세상을 떠난 셈이다.

『허클베리 핀의 모험』에 대해 '현대 미국 문학은 이 책에서 비롯되었다'라고 한 헤밍웨이의 말은 차치하고라도 마크 트웨인과 그의 작품들은 세계 문학사에서 우뚝 한 봉우리를 차지하고 있다.

허클베리 핀의 모험

생각하는 힘: 진형준 교수의 세계문학컬렉션 60

펴낸날	**초판 1쇄 2021년 5월 24일**

지은이	**마크 트웨인**
옮긴이	**진형준**
펴낸이	**심만수**
펴낸곳	**(주)살림출판사**
출판등록	**1989년 11월 1일 제9-210호**

주소	**경기도 파주시 광인사길 30**
전화	**031-955-1350** 팩스 **031-624-1356**
홈페이지	http://www.sallimbooks.com
이메일	book@sallimbooks.com

ISBN	978-89-522-4294-5 04800
	978-89-522-3984-6 04800 (세트)

※ 값은 뒤표지에 있습니다.
※ 잘못 만들어진 책은 구입하신 서점에서 바꾸어 드립니다.